二〇一九年七月，美國加州主教城。

（右上）太平洋屋脊步道的標記。
（右下）我與 YO 的裝備照。
（左）在山裡生死與共的黃捨、慶、YO 與我。

（右）按下快門的人。
（左上）二〇一九年跨越了數十條零度以下的急溪。
（左下）雪地裡的營地。

二〇一八年七月，千島湖。

（右上）我的山食物。
（右下）七卡山莊前，夥伴們的背包。
（左）躲在睡袋寫日記是我的山屋日常。

（右）奇萊南華綿延層疊的稜線。
（中）合歡山小溪營地的日出黃金時分。
（左）最喜歡雪山。

（右）南湖大山濃霧下的五岩峰。
（左）春天爛漫的池有名樹下。

HOTEL

（右上）二〇二〇年一月，雪地裡的笑顏。
（右下）尼泊爾藍色屋頂的山屋。
（左上）日出時粉紅色與藍色的漸層天光。
（左下）安娜普納群峰。

二〇一八年，唐納休隘口。

山之間

In Between

寫給徒步者的 情書

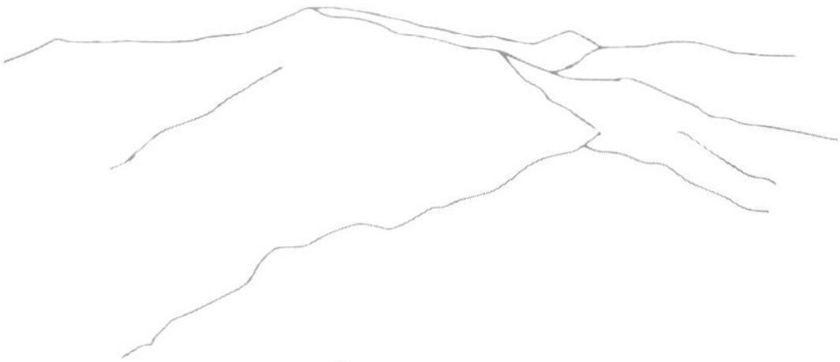

山女孩Kit 著

推薦文

心遠地自偏

李豪／詩人、作家

冷漠的城市寂寞著每個人，於是，我們快樂著自己，我們時尚著生活，我們世故著人生。我們努力地使自己值得被愛，也努力地武裝自己，好讓自己看來不如外表那麼脆弱。

只是，寂寞的城市仍然冷漠著每個人，我們快樂自己後仍然得找尋快樂，我們時尚生活後仍然得追逐時尚，我們世故人生後仍然得練習世故。我們努力地使自己值得被愛，卻仍舊拼湊不出理想的愛；我們努力地武裝自己，卻矛盾自己，總是左心防右心事，事實上我們依然不堪一擊，都是假裝。

因為我們真的太久沒有體會到最初的感動，活在這個社會，人便顯得矮小，我的視網膜呈現得過於擁窄，我的腦前葉記憶層總是短暫，我的愛老是被解讀得很狹隘，建築物之間的距離也僅僅三米，我們困獸之鬥著我們，自己精疲力竭著自己。

讀Kit的《山之間》終於領悟了，我們是山，長在同一座島嶼；我們是林，生命都從土地來。人類終歸是大自然的產物，總需要一段時間回歸自然，所以好想去旅行，好想抬頭看見一整片浩瀚的宇宙，好想閉眼聆聽一整首洶湧的海洋，好想深深呼吸一整座鬱郁的森林，好想放肆品嘗一整條歷史的老街，好想好想憑記憶剪輯一整幕關於青春的風景，所以，好想去旅行。

都說旅行的意義是為了出走，山女孩卻是為了回來。字裡行間散發著眷戀，也許遠行家裡才會發現家的可貴，走出城市才會想起當初走進來的原因；離開那些熟識的人群，才會知道有哪些是我們該珍惜。

推薦文

關於山，她知道……

知寒／作家

「為什麼要爬山呢？」

問一百個人這個問題，可能會得到一百種不重複的答案，有人會說是為了抒解壓力，有人會說是希望身體健康，有人會說是想要挑戰自己，一定也有人會說出那句頗具禪意的經典名句：「因為山就在那裡。」而在今天以後，又多出了一種爬山的理由，就是因為讀了這本《山之間》，而湧起那股往山裡走去的衝動。

以前，我曾經聽過這樣一個說法：「離家，是為了回家。」在與原先的家

——不管是房屋或是家人——隔開距離以後，才使得所謂「家」的意象變得具體，會更明白「家」之於自己的意義與想像。我想，對於Kit以及許多登山客而言，也有著相似的道理存在：「走進山裡，是為了走進自己。」

這本書優美而詳細地描寫了在Kit眼中關於山她所知道、所感受到的一切。當一個人誠實地攤開自己，闡述花費長久時間、力氣與情感才得以完善並有所承擔的這些生命歷程，或許還是會有些害怕，提筆寫下，或甚至只是想起都還是會傷感落淚的那些曾經，她還是願意分享，那其實是難以言喻地動人。

我特別喜歡她用一些登山所需物品作為篇名的那幾篇，包括〈背包〉、〈帳篷〉、〈許可證〉等。或許因為是耳熟能詳的東西，原先不帶期待地去讀它，反而帶來驚喜，平凡中的不平凡格外閃耀。

跟著她的文字，就像是跟隨她的目光與腳步，所以看見，所以走過，所以成長。

推薦文

向心徒步而去

法蘭 Fran／法蘭黛樂團主唱

在某個早晨讀它，我好像也跟著去了山裡一趟，眼前是那片星輝班斕的澄澈夜空，好像還吸進了一點冰涼的空氣；睡前再讀一些，冰霜折射出亮晃晃的金色陽光，籠罩了整片山，做夢一樣的我居然也走在山稜。

讀《山之間》對我來說，其實有點像某種窺看或跟蹤，不敢大聲呼吸，怕要是騷擾了情節，打斷了情緒，寫日記的人就換個口吻、換個鎖了；我要輕輕悄悄，跟著字裡行間的靈動與溫柔，一步一步接著下去。

我想每個人都會找到屬於自己的方式，去了解自己、面對世界，像擁有一面照鑑的鏡，映射出自身於世界萬物的相對關係。在過程中領略快樂、苦痛，做各種內心活動的練習；對自己的情感抽絲剝繭，然後才對自己認識、認知、認同；也可以在自己給自己的擁抱之中，代謝現實世界的各種疲乏，最後獲得一些亮晶晶的小物件，像是勇氣、力量。

山女孩 Kit 的方式就是爬山，堅持的勞動，在其中人好像特別能獲得平靜與平和的喜悅，於是腦內與心眼裡的聰慧才能順利開啟。看山女孩在其中找尋自我、反思各種價值；看她展現著溫柔，有時候也迷惘，有時候也失去；跟著她爬過一座又一座的山，讀著讀著，爬著爬著，哎，就連失去的，也好好地被呵護了呢！

「我就是山的寵兒。」山女孩寫下這樣一句，她與山之間相互地給予，以及相繼發生的思考，梳理出同情的智慧光輝。我想，她的確是山的寵兒啊，山給了她很多無價的贈禮。那月夜裡的十二隻水鹿，與她的細膩善良，她的故事，都會永遠和她在一起，在山之間。

推薦文

山巒之間，就是愛的起點

海苔熊／心理學作家

如果是年輕時候的我，大概很難理解作者文字的厚度，會覺得只是假山巒之手，寫出堆疊連綿的字句。

但隨著年紀也有了一些，開始懂得蹲下來欣賞那穿透柏油路面的勇敢小草，擁抱在路邊平淡無奇、矗立無言的行道樹。甚至，一直到前陣子我親自花了兩個多小時，走入司馬庫斯的深山裡面，擦著全身的汗珠，因為那巨大的神木群而震懾。眼看著十人環抱的大樹，而覺得自己是如此地渺小，才漸漸明白作者所說的，接近大自然就是一種療癒、一種戀愛、一種怦然心動的曖昧。與其說是愛上那個步道、那片雲彩，不如說是愛上每一次獨步行走於山林之間的那種自我對白，愛上在不同海拔高度氣喘吁吁裡的那種內心詰問，愛上在每一個酷熱與凜冽的山巔，那個願意把行囊與生命託付給你的信任。

近期心理治療新興起一種方式叫做「森林療癒」，隨著你愈深入森林的深處，你也愈靠近自己內心那個久久沒有觸及的國度。但也因為這樣，進入山林，需要莫大的勇氣，與熟悉的嚮導，否則就會像進入潛意識的大海，被無止境的黑暗給吞沒。幸好有山女孩Kit，她用細膩的文字，帶著膽小的我們，在漫長重複的紮營與拔營之際，一起攀爬內心這座關於夢想，關於愛，關於未來，關於告別與離開、後悔與重來的大山。

山在那裡，而我們在這裡。

在我們還沒有累積足夠的勇氣之前，在我們還不敢踏上自己蛻變的旅程之前，期許這本書能夠變成我們和山之間的一座橋梁，用我們的想像，跟隨著Kit的文字影像，一起翻越重重山巒，找到愛與希望開始萌芽的地方。

推薦文

走進山裡，回到心裡

陳志恆／諮商心理師、作家

自古以來，不少文人雅士從攀登山岳中得到啟發。當你仰望群山壯闊時，便能感覺自身渺小；當你深入山林小徑時，你能感受到自然萬千。置身於大自然中，蘊含著多少人生智慧，於是你看，古今多少文學佳作，不是在描寫自然山林，就是在森林山野中產出。

為什麼待在山林，總能讓人頓悟些什麼呢？這讓我想起，身心科學的研究早已證實，接觸大自然，有助於釋放緊張與抗憂抒壓的功效。也許正是在這樣的情況下，大腦的思緒最能活絡，也有最多的創造力吧！

但光知道這些，不如你親自走一遭、體會一回來得踏實。

有好幾年，我的住處附近就有一座小丘，每逢假日，我總會起個大早，獨自前往走個一回。老實說，爬山並不是想征服或證明什麼，也不是想尋求什麼心靈上的啟迪，純粹就是想動一動，享受一下忘我的感覺。

因此，對我而言，走進自然、在山林中健走，為的是追求從煩惱中解脫，也就是拋下塵俗紛擾，忘卻人心糾結，徜徉森林，心曠神怡。只不過，山裡蚊蟲多，豔陽高照、汗流浹背時，即使登山步道不難走，我也總是氣喘吁吁，這是自討苦吃。一會兒來到山頂，喝著水、迎著風，俯視遠處，方才的抱怨一掃而空。

我常想，或許人們就是得自討苦吃，才能嚐到一口甘甜美好的滋味吧！

那麼，要不要試試超越極限，討更多的苦吃呢？

麻煩的是，我才沒有攀爬百岳的雄心壯志，更不願意花個好幾天在山林裡駐足，所以，我恐怕體會不到那箇中的辛苦與美好。

然而閱讀《山之間》這本書，和作者一同感受，卻能讓我彷彿身歷其境。翻開書，字裡行間流露著作者真誠樸實的內心話，讀著讀著，心也跟著平靜了下來。

我總算能明白，不過就是記錄自己在群山之間心路歷程的文字或攝影，作者在社群網路上卻深受歡迎。因為，那文字是有魔力的，那圖像是有靈魂的，它會帶你直擊內心深處，擾動你的情感味蕾，而最後，也會帶你回歸平靜，那個我們都渴望的狀態。

對於像陀螺般轉不停的現代人，能平靜下來，真是求之不得呀！

就讓我們跟著山女孩，走進山裡，回到心裡。

推薦文

未離開塵世的遠行

陳泓名／「每天為你寫一首詩」編輯

山調味過的一切，
以及樸實的背包。

起初看到這本書的時候，心中是有些猶豫的，或說是有些不了解。書寫著自然，卻不似傳統的自然書寫，而是專注在物品之間、人物之間的哲學辯證。書寫著登山經驗，又不如市面上的登山書籍，描述著驚心動魄，又偶有的山間軼聞。

然而隨著閱讀的過程，我注意到一件事。

這本書反覆提及：背包、愛、記憶、煩惱。竟在高山的雪白之地（亦或者那些荒蕪不草的），從未離開過塵世間，從未與人斷絕。「我沒有把握在醉生夢死的現實裡找到一個安身立命的原因，於是我想上山。」透過這句話之中，我們發現，無論從詩裡面、從散文裡面，都反覆地看見她背著背包的樣子。

難以重荷，卻一再起身前行。

「我背著你一直走、一直走，走過千山萬水，走到愛與你相遇的時候。」

因此，我們更深入來看，在各式各樣的登山之中，山往往隱藏在多情的文字裡面。而旅程裡面，充滿了愛的調味，孤獨地宣告想要把一切都裝到背包裡面。而每個片段都在兩千字左右戛然而止，如同雪山的亂石區，仰望時充滿了孤立的木與石，並白茫茫一片。

作者同時擁有調控語言的能力，將每個片段做出獨特的展演，用對話設立出專屬、精密的一段，山屋與山屋之間巧妙剛好的人生羽光。

一般的登山之書中，最精密的情緒，當是征服大山大海的調味。

而這本的背包、暗戀，以及孤失。不僅僅存在於山，更存在在塵世。

推薦文

大自然教我的事

莊鵑瑛（小球）／歌手、自由創作者

所有勇氣都擁有契機，所有山巒都藏著祕密，所有存在都為了找尋，所有故事都源自Kit的步履。

科技讓我們取得資訊更方便且多元，許多問題與答案只需彈指之間，不管來源好壞，其實都是旁人的建議與生命經驗的萃取分享（有些還是待查證的假消息）。唯獨人生的路沒有任何解答可以精準符合每個人的需求，只有靠自己嘗過、體驗過、摔傷且受挫後，才從中了解自己喜歡什麼、在意什麼、需要什麼。知道自己的光明與黑暗，知道失敗時哪隻手、哪隻腳才最好施力讓自己爬起，也會慢慢知道自己的極限在哪。

我還記得首次和朋友參加溯溪，一路隨著地形上上下下，每刻保持警覺之外還要膽大心細，同時注意團隊合作。那次回程時要先跨上一塊超大塊的石頭，我一直搆不到上層的石塊，朋友怎麼指導，彼此怎麼伸長了手也沒辦法拉到彼此的手，大家又急又慌，最後我是手腳並用加上拉著旁邊樹枝才把自己撐起，再馬上由朋友接手把我抓上去，那一刻真的覺得大自然是不說話的老師，讓我理解到別人覺得理所當然的方式，對我來說不一定管用；當我找到自己的施力點時，就算用著別於他人的方法，也是順利爬上去了。那是屬於我的方式，源自我的身高限制。

而人生這條路啊，就算說要一起陪到最後的人，仍是彼此的生命過客，總有一天還是得靠自身學會生存技能，才能讓自己的路愈走愈遠、愈走愈長。但路要走多遠、多長，都沒比走得多堅定、多踏實重要，即便迷惘是人生中必經，而且還不會因為長大而變少（笑）。

漸漸成長的我們，都在用自己的方式逃避或找尋，不管高山或平地，建構或廢墟；喜歡音樂的人透過音樂表達，喜歡研究的人透過鑽研獲得回饋，喜歡滋養的人透過實作給予，而某部分的我們，都隱身於文字供人探尋。

推薦文

舒適圈外，未知的吸引力

蔡瑞珊／青鳥書店創辦人、作家

讀這本書彷彿走入山裡，心留在山裡的呼吸。

在山間，我像是另一個個體，行走在三千公尺上的樹林裡，雙腳快速往前移動，整片的芒草隨著突如其來的風迎面撲倒，冷空氣剎時找到機會穿入，侵襲我光裸的脖子，我感到從骨子裡透出的寒冷。繩索在左邊，右邊是樹幹，我拉起繩索往上跳躍，從沒想過自己的身手可以如此矯捷。

對於每一次即將前行的高山，讓自己處於未知。當置身在知識以外的世界時，身體被迫在短時間內接收和判斷，反射性讓知覺變得靈敏。第一日我的心跳異樣地快速，持續了整天；深夜無法入眠，腦袋裡的畫面豐滿到快要溢出來，牽引著心臟跳動，愈來愈快；隔日看見清晨曙光，我感受到前所未有的平靜，耳朵得以聽見始終忽視的聲響，任何一點點歧異都會驚動我在準備狀態中的冷靜。

從置身危險中開拓未知，在城市豢養舒適的生活中，是多麼詭異的思考，且沒有任何一項指標可以告訴你，山林有多麼安全。即便現今我坐在舒適的書店裡，回想在山中、在懸崖邊，我依舊能嗅到危險的氣息，那是理智判斷下的恐懼。

長久以來，人類的知覺是被封閉的，被安於習慣的豢養，就連我也在創造一座美麗的監獄，豢養各式喜好舒適的人們。

都市生活是在層層系統底下的完美場域，所有的學問最終都導向控制，它形塑了一道像監獄一樣的框架，禁錮住我的心靈，我不知不覺忘了行走，只想安穩的處在舒適圈裡，終老。臨死之時或許墓誌銘會刻上：終其一生都為了安逸而努力。

而山女孩Kit，她從豢養的舒適走向未知，把自己交給嶄新的世界，並且「持續地練習成為更好的人，即便是微小的進步都覺得開心。不管別人有沒有喜歡我，我都要滿意這樣的自己」。

將自己置身在恐懼裡，卻能從新世界裡感受到興奮、愉悅和新奇，接著萌發欲望，知覺開啟，有了馳騁世界的想像力。然而沒有人知道一切是怎麼開始，Kit在書中說：「第一次聽見遠方的鼓聲，就是在山裡。」看完這本書時你也能放下疑問，讓自己踏上五感開啟的旅行。

目次 contents

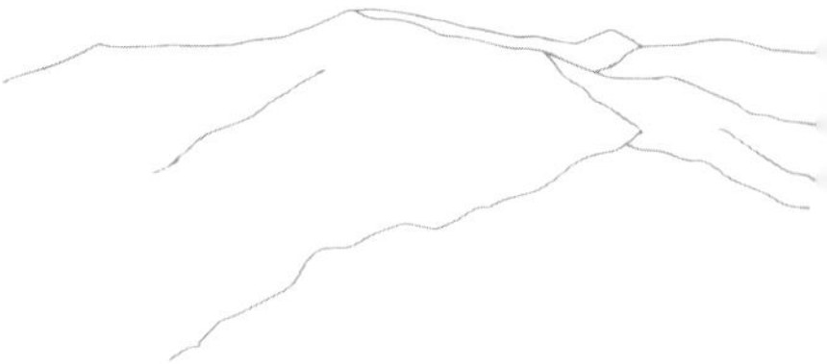

推薦文

心遠地自偏——李豪 018
關於山，她知道……——知寒 020
向心徒步而去——法蘭 Fran 022
山巒之間，就是愛的起點——海苔熊 024
走進山裡，回到心裡——陳志恆 026
未離開塵世的遠行——陳泓名 029
大自然教我的事——莊鵑瑛（小球） 032
舒適圈外，未知的吸引力——蔡瑞珊 035

序章 登山口 043

輯一 第一個日出 046
生日快樂 048
複雜與簡單 050
過度美化 052
不然你來 054
島的孩子 056
為誰而走 060
背包 064
活成自己的樣子 070
準備好了嗎？ 074
一個人的山 080
帳篷 084
輯二 途中的負片 088
年輕有錢 090
天生溫柔 092
說到底 094
你先加油 096
站起來的路 098

志佳陽大山迷路記 104
累不過山下的世界 110
不想和妳爬山 114
波卡拉誤點 118
失去感覺 122
進化湖 126
雪 130
一萬條河的跨越 136

輯三
途中的正片 140

你要去遠方 142
浪費時間 144
停頓 146
風的辦法 148
便宜的光 150
凌晨三點 156
山的寵兒 160
山屋日常 164

營地生活 170
女孩的山 174
山食物 178
不能睡 182
四千兩百分之一的相遇 186

輯四 山與你之間 190

走長長的路 192
陽台 194
彆扭的青春 196
與愛無關 198
是山要我來的 200
壞掉的人 204
愛了很久的朋友 208
許可證 212
按下快門的人 220
永遠溫柔 226
天使的眼淚 230

後記 回到登山口 237

序章

登山口

怎麼開始的？

是多雨的那個夏天，是秋日的那個山巔。
是天體的運行、宇宙的秩序、生命的交代。
是凌晨三點半的頭燈，是零下五度的帳篷。
是南湖大山，是中央尖，是約翰·繆爾步道。

我不知道這一切是怎麼開始的，但第一次聽見遠方的鼓聲，就是在山裡。

這趟旅程來得如此荒唐又浪漫。一開始我以為這是一個神諭、一個天啟，後來發現其實這與各種隱喻無關，那都是自己的意念。

一直以來，我沒有想靠星星指引方向，也不期待壓倒性的契機送來答案。我知道生命需要透過什麼才得到什麼，神也需要中繼站。

那就往山裡走去吧。

當風吹來時，樹冠像水草在擺動，巨大的日出晾出一床金黃色的被，我和你站在所有山的三角點，那些過於清晰的展望、失去言語的凝視、沒有掉下的淚，還有那些一想起就忘記呼吸的人，哽咽在手機前的已讀不回。我們多想要翻越到山的另一面，看看相同的故事是否能有不同的情節。

我們應該深夜撩起帳篷就看到星空，我們應該在森林的深處醒來。我們應該與自己和好，就著影子走好長好長的路。我們應該被月光曬傷、被曙光惹紅了眼眶。我們應該早晨收起睡袋後相識一笑，你遞給我一杯熱咖啡。

我不知道我還能怎麼辦，在這個荒唐的世界裡，不體面的我，還能怎麼掏出一顆赤裸又坦率的心，告訴你些什麼是應該，或不應該。

我沒辦法說這段旅程一定很精彩。

我也不知道這段旅程我們會得到什麼。

但我們會一起聽見遠方的鼓聲、荒野的聲音，感受到季節的味道，還有風的顏色。

而最重要的，是我看見了我自己。

我也看見——你看見了你。

輯一

第一個日出

爬山的年資很短，所以我還記得第一次看日出的瞬間。
宇宙微微震動，風像溪流般潺潺流過耳邊。
緩慢的心跳、凍結的血液，
融化在某種能量催眠召喚而來金色空氣裡。

生日快樂

太早開始相愛，
又太晚遇見山，
以至於
心還未攀附之前就衰敗，
而肉體卻在盛年後掙扎。

生日當天南湖投下的第一道曙光，
烈陽在我臉頰印記最深刻的雀斑，
讓喘不過來的一口氣永隔今世來生。

然後
我貧乏的人格此時豐滿。
曾經讀過的書、

聽過的旋律、寫過的信、
愛過的人、懨懨然的心，
補綴成專屬我的氣息與輪廓，
仍勉強算是人生。

複雜與簡單

一個人的背包
代表那個人的微小世界觀，
想要吃得好、穿得帥、睡得暖，
一本薄薄的書、一杯上好的茗茶。

一個簡單的人可能有顆複雜的背包，
裡面滿滿是為他人負重的周全心思；
一個複雜的人卻會輕量自己的打包，
因為太想過著不用選擇的簡單日子。

我們都希望
這複雜的人願意有著簡單的心意，
那簡單的人有能力走進複雜的心。

過度美化

隨時起身的出發，
如果只有自己，
也許不是最棒的開始，
但絕對是最難忘的旅程。

不過有時候的寂寞讓我覺得，
孤單是一件被過度美化的事。

不然你來

隔著一個人對望，用最溫柔的姿態。
用撫觸過他的手擦拭我的淚，
用被他擁抱過的身體暖自己。

那些叫我忘記你的人
話說得這麼輕易，
怎麼不也去談個真正的戀愛？

島的孩子

輕鬆的步伐、頑皮的神情，不論走多顛都不會跌倒，不論背多重一樣是笑嘻嘻。

我是台北人。不是留在台北久了而成為台北人，是那種在雙連站的馬偕醫院出生，幼稚園、小學、國中、高中、大學到所有的工作都在這個城市裡，大家口中說「死台北人」的台北人。

小時候的我不太懂，除夕夜前幾天同學說要「請假回家」，像是要回家看阿嬤、要回家過端午節、要回家拜拜，這些句子總是離我很遙遠，為什麼回家需要「請假」?回家需要花上一天的移動時間，這件事情我無法想像，如同田埂、水溝、溪流、森林、山巒或是海岸線一樣，它們從來沒有存在於我的兒時記憶裡。

我小時候看到的動物，牠們都在圓山動物園；稻田是爸爸開好久的車才會從高速公路經過，它們全都像是大片的草皮；海岸線則是五堵外婆家附近的基隆港，停了很多大船，那些浪打在水泥築成的防波堤上，但我不喜歡靠近，只要近到可以看到岸邊海水黑黑的顏色，那海令人作噁的氣味就隨之而來。

而我，這個台北的孩子，在二〇一五年開始爬山。我那時候才知道，台灣擁有兩百六十八座三千公尺以上的高山，幸福的我們可以開車一小時後把車停在登山口，跟著原住民嚮導拜訪他們的聖山。他們總在晚上山友們睡著以後喝到有點微醺，然後用族人的聲音、族人的語言，唱族人的歌。在出發前偶爾聽見他們的自言自語，我其實分不清楚那是跟祖靈說話或是向上帝祈禱；那是在抱怨過重的行囊還是希望此刻雨停霧散。

而在山裡，這些太陽的孩子，總是比台北的孩子更有辦法。輕鬆的步伐、頑皮的神情，不論走多顛都不會跌倒，不論背多重一樣是笑嘻嘻。冬夜裡在九九山莊穿著短袖短褲的布農族小高、三六九山莊燒著一手好菜的小馬，我們與這些孩子們一起生活在這個美麗的島上，有些人為了活著而選擇不去了解，有些人則因為了解而拚命地讓某些東西繼續活著，像是花東的海岸線、台灣杉，還有芭崎瞭望台遠遠看見的磯崎海灣，山頂上的火山口。

願每一個太陽的孩子，都能記得自己美麗的家鄉。願每一個島的孩子，都是台灣的孩子。

在桃山山頂上和夥伴像孩子般地開懷大笑。

為誰而走

很想告訴她，我有好好用力呼吸著。困難的事情沒有消失，但我不會再給自己縱容的理由了。

每一個人走進山的理由都不一樣，我只是多了一點心碎。

在二〇一四年前，我是一個全程馬拉松跑者，早上五點從榮總安寧病房醒來，與清晨第一班抽痰的護士交班完後，沿著磺溪跑一個小時，差不多就是十公里。這樣跑了四年，然後我再也沒有從醫院醒來去跑步的機會。媽媽走了，連我跑步的靈魂一起帶走了。

無法跑步後，我意志消磨了一陣子，身體想要做些什麼卻都提不起勁，整整一年任由強壯起來的肌肉連同精神一起癱軟。我在這一年無所事事地看了太多的書，並且沉溺在厚實且黑暗的高度混亂。我極喜歡並反覆地背誦米蘭．昆德拉在《緩慢》裡面對時間與記憶的方程式：「介於緩慢與記憶，速度與遺忘之間，有一個祕密的關聯……緩慢的程度與記憶的濃淡成正比；速度的高低則與遺忘的快慢成正比。」

每天總是無聊地刷著手機的我，無意間看到朋友分享一篇雪季爬山的文章，是阿泰（楊世泰，《折返》作者）描寫他那天在身體狀況不好的情況下，與妻子呆呆完成合歡西峰，最後在下山時兩人看到此生最壯觀的星空。我反覆地看著那些合歡山的照片，突然有一股衝動想要親眼看看這只能靠雙腳走到的地方，於是就在二〇一五年九月，我開始了第一座山。

從合歡群峰開始，再來是玉山、嘉明湖、雪山主東、奇萊南華、奇萊主北，一路走到南湖大山、中央尖。在山上和在跑道上是不一樣的，山只能慢，山不許你快，緩慢的步伐逼迫我不得不想起一些人、一些事。山上每一個喘不過氣來的時刻、每一段心臟幾乎快要衝破胸膛的上坡、幾近壓碎肩膀的重量、泡在雪水裡失去感覺的腳趾，常常在走到肉體匱乏、走到失去輪廓的時候站著哭了起來，不是因為累，是因為想念。

每次到了九月，紅楓黃葉的季節，我就會上山。媽媽生前最快樂、也是最後的一次旅行，就是秋天去了日本的山裡看楓葉。

「妹妹，妳看那滿山的楓葉啊，黃的、紅的、綠的，真漂亮。」她會滑著手機陷入回憶裡，然後摸摸她因為化療而掉光頭髮的後頸，彷彿她還有一頭在照片裡烏黑濃密的頭髮。

我是因為媽媽開始爬山，我也許不敢經常想念，但從未停止愛。很想告訴她，我有好好用力呼吸著。困難的事情沒有消失，但我不會再給自己縱容的理由了。

以前為媽媽走的，到今天劃下句點。

接下來，我開始為自己而走。

背包

把所有的好、所有的壞全打包，把愧歉與內疚都打包。被誤會了就把自己泡進眼淚，讓心膨脹得更重更重，直到你背不了、走不動。

爬山第一個最重要的裝備，不是登山鞋，不是睡袋，而是背包。

剛開始爬山的時候，我最喜歡去各個裝備店試背各式各樣的背包，紅的、藍的、綠的、黑的、紫的，二十五公升、三十公升、四十公升、六十五公升，有頂蓋、輕量化、防水、抗撕裂、背負系統，我極喜愛迷路在這些琳琅滿目的規格裡，像是一隻誤闖花園的蜜蜂，滿腦子嗡嗡嗡。

我這隻蜜蜂見一朵花是一個春天，不去擁有便覺得自己錯過整個好年，於是爬了幾座山後，背包數量等倍增長，直到那一次，和你第一次去雪山。

兩天一夜的雪山主東峰，你把六十公升的黑色 Gregory 背包塞得滿滿，抵達三六九山莊的時候天色尚早，我們在山屋外面悠悠晃晃，我逼你打開你重量超過十五公斤的背包。

「你到底帶了什麼鬼東西？重成這樣！」

「我帶的都很重要啊，我深思熟慮好嗎？妳懂什麼。」

然後你一一拿出背包裡的東西，把我逗樂笑倒在三千一百公尺的稀薄空氣裡。最後你拿出來玻璃罐裝的愛之味菜心，霸氣地說：

「喏，我可沒忘記妳說妳愛吃。」

把玻璃罐背上雪山，我激賞。

後來拗不過我洗腦，你換了輕量化 Hyperlite 背包，卻一樣是六十公升的大尺寸。我常笑你，打包的方式沒有改噢，換什麼背包都會重死你啦。

但這就是你，計畫控。什麼都周全、什麼都體貼，能想到的、沒想到的一項不缺。沒有不回的訊息，字字斟酌才寄出的信，寫張紙條像是刻進石板般的用盡全力，你是這樣過著你的人生。

把所有的好、所有的壞全打包，把愧歉與內疚都打包。被誤會了就把自己泡進眼淚，讓心膨脹得更重更重，直到你背不了、走不動。我就在此時此刻遇見你，生命的匯流召喚我迎你走去，你在我面前卸下生命的背包，一一打開所有牢牢打包的祕密，讓我直視你生命的課題。

我該怎麼告訴你，我是多麼心疼，心疼你執著的愛，心疼你執著地迴避愛。擁抱的時候該怎麼忍著不說喜歡你，怕你身上的刺又因為我的喜歡而刺傷自己。我們是多麼相像，偽裝孤獨寂寞慣了，忘了自己也會說句真話，忘了自己還值得被真正愛著。

那些深陷你肩頭的重量，那個背包，我知道你多想把我一起打包進去，打包我的愛、我的喜歡、我的真心。你也是隻貪心的蜜蜂，想採集最多的甜蜜。我知道你的不安，你捨不得讓我一個人走，捨不得讓我知道你其實想一個人走的祕密。我這麼多的依賴與索求，你只好順理成章地成為最壞的人，壞得這麼美好、這麼善良，壞到要讓我捨不得繼續對你好。

我沒忘記那天在山頂，兩人相視淚眼婆娑，稜線兩旁的雲霧湧起，霧雨一陣一陣打在臉上。我們是跨越了什麼而來到這裡，那是生命安排好的相遇，它要交代我們一些事情，透過彼此才能還原成自己。而這次我是如此勇敢，不願再從愛裡逃亡，央求你把你自己交給我，讓我來背。

從今以後，你就是我的背包。不論你打包了什麼，這些重量將會是我生命的重量。我願意背著你走過懸岩，走過山巔，走過沒有星星也沒有太陽的黑，走過你曾愛的人、傷透的心、你的深谷、你的陰霾、你的裂隙，還有你偶爾壞掉的點。

讓我背著你一直走、一直走，走過千山萬水，走到愛與你相遇的時候。

約翰 · 繆爾步道上的千山萬水。

活成自己的樣子

我持續地練習成為更好的人，即便是微小的進步都覺得開心。不管別人有沒有喜歡我，我都要滿意這樣的自己。

喜歡爬山的人少，喜歡爬山的女孩更少。

亞洲對女性的審美標準還停留在蒼白纖細的舊時觀念，要說服女孩背著髒兮兮的大背包，滿頭油膩又渾身汗味地在山裡縱走多日，或是擁抱高海拔強烈的紫外線而不在乎變黑，爬山這回事，還是需要更多吸引力。更別說女性體能上有先天的限制，要能應付長時間高強度的負重，需要鍛鍊出有力量的上半身，手臂與背部將有可能練出線條明顯的肌肉；核心與大腿的肌力訓練則因為登山是複雜的運動型態，需要全身的協調與平衡。平時就應該要維持的基本，像是游泳或跑步等耗氧運動，則是在高海拔山區健行時，增強心肺運作的必備清單。

就算努力健身、維持體能，但面對要一連多日背負動輒十五公斤以上的大背包，心與山的距離就因為沒有自信而離得更遠了。

一開始接觸爬山，我就因為之前大學校隊練習時，從高處摔下的背部舊傷而吃盡苦頭。因為無法負重，需要大幅度降低背負重量，我積極研究輕量化，在「裝備」這條路上跌跌撞撞繳了好幾年的高額學費，終於明白除了要挑戰舊有的舒適圈與安全感外，更需要捨棄自己慣有的習慣。思考、解構、分析、重整，從心裡完全地捨棄舊觀念，這比盤點裝備還困難得太多，這條學習的道路遠比任何一條步道還要艱難。

除了要投注時間調整未乾淨的念想，更重要的是斷捨離那些卡住自己往前的愛慾貪戀；不管是人、事、物，都需要更勇敢、更誠實，去面對自己的起心動念。這樣搖晃價值觀的過程，往往伴隨著牢不可破的暈眩與苦楚，過程中擴散到許多面向，甚至回歸到生命裡許多重要的時刻，在「想要」與「能要」的取捨當中，看穿自己對於「滿足」與「匱乏」的定義，成熟面對自身的脆弱，轉譯出新的信念。

我想這應該是開始爬山後最有收穫的一件事，我理解了最重要的裝備就是自己，願意投資更多的時間給自己，而不是在贏得別人的眼光或是認可上。我持續地練習成為更好的人，即便是微小的進步都覺得開心。我開始懂得我就是我，我的好是屬於我自己的好，我的壞是屬於我自己的壞；不管別人有沒有喜歡我，我都要滿意這樣的自己。

我知道自己如此脆弱而勇敢，我知道終有一天，我會活成自己的樣子。

在加州主教城小鎮整理完背包，準備前往下一座山。

準備好了嗎？

每一座山、每一條步道都是我的戀人，但我也知道，他們從不只屬於我一個人，我只能在每一次愛他的時候，珍惜能擁抱他的當下。

每一次徒步旅程前的準備，都讓我有極度幸福的感覺，像是曖昧到最高的境界、接近愛的時分。

那是夏天晚上他帶著你前往黑色的湖，沒有彩度的暗，你僅僅只能見到霧氣在飄蕩。你知道他全身緊繃，他的呼吸、他的心跳、他想要給你全世界，只要再一句話，你們將深深擁抱，就像只為這個擁抱而生。

將要燎原的愛但還沒有，將要衝破的迸發但還沒有，膠著的凝視準備要開口但還沒有，若有似無地碰著手像是要牽起但還沒有，全世界的頂樓都準備點燃煙火但還沒有，一整座森林的小鳥醒來準備齊聲歌唱但還沒有，所有的櫻花深呼吸說好要一口氣綻開但還沒有。

大概就是這樣的幸福感，大概就是這樣的曖昧，你準備好了卻不確定，往前推進了一步但不踏實，一點一點踩在鋼索上，不知道這樣對不對、那樣好不好，一邊打包一邊想像：我要去的那座山，會是什麼景象啊？

徒步旅行與其他的旅行不同，不是以景點與美食成同心圓擴散，展開的檔案密密麻麻，以水平移動距離、垂直海拔高度、行走的時間和臨湖的營地交織而成，但和所有旅行一樣，計畫永遠趕不上變化。你到了步道上才發現，所有的事情都顯得難以預料，唯一不變的是你自己。

不，或許連自己都會改變，你將忘記自己的年紀，體力好到就像高中最後一個學期的體育課、那次三千公尺長跑的成績。上次以百公里起算的徒步，留在你肩上的感覺你沒忘記，所以第二個夏天要出發的此時，你摸著嶄新的裝備：Outdoor Research 的防水圓盤帽、兩百五十磅 Smart Wool 的羊毛底層衣、Black Diamond 的冰爪、三五〇明流數的 Petzl 頭燈、Mammut 黃金大底的登山靴，它們閃亮亮地就像是初生嬰兒的眼睛，等你帶著它們去看整個世界。

我往往陷入出發前的興奮而無法自拔，雖然來自不可抗力的科學證實，這是大腦內的多巴胺作祟——使人低估一切困難，即便行程的艱辛是在挑戰全世界，也都覺得自己無所不能。零下十度、積雪兩百公分、海拔四千四百公尺、背負二十五公斤、一天推進二十七公里，根本是完全無效的過高強度規劃，但我忽略；不止如此，我還做了各種不同但毫無意義的伙食設計：早餐半個花生醬捲餅、中午兩根能量棒、晚餐一碗泡麵；或是早餐半個貝果、中午一根半能量棒與一杯熱湯、晚餐半包乾燥飯。任何一個不見長進的調整，都讓我對這趟旅程更有信心。

這難道不像曖昧嗎？拚命地健身瘦身、花更長的時間確認自己身體的狀態，或是天天幻想著如果踏上這條步道時，自己能有多滿足與快樂。整條步道的天氣好壞左右我的決定，如果下雪，背包裡有冰斧與冰爪；如果下雨，就多放一雙羊毛襪；如果在融雪期，準備防蚊帽與短褲。我願意所有一切都被牽引，我可以沒有自己，只要願意讓我與步道在一起。

每一座山、每一條步道都是我的戀人，我瘋狂地想知道他們所有的細節、所有的紋理，想知道我是否有為他們量身訂做了我自己。我想要理解這個沉默不語的戀人，我想念著戀人、愛慕著戀人，但我也知道，他們從不只屬於我一個人，我只能在每一次愛他的時候，珍惜能擁抱他的當下。

於是有時候，我甚至希望能停留在曖昧更久一點，因為在那個魔法時刻，他與誰、我與誰，那一點也不重要，完全不重要。此時此刻，「我們」指的就是我和他，我覺得這樣不言而喻的親密，非常美好。

聖誕節在桃山，採集一地浪漫。

一個人的山

每座山都是一段旋律、一首歌、一本詩集，一個人的時候最容易湧起專屬的脆弱，而以這樣的脆弱走一座山最完美。

那些晃晃悠悠的日子、閃電般耀眼的青春，在進入職場之後戛然停止。星期一到星期五被電腦與手機囚禁，剩下萎縮的靈魂、肥盛的屁股。

工作後只能週末爬大山。爬大山要看人品、憑運氣，就這麼不巧，一連幾個月剛好週末下起大雨，或是山屋沒抽到，好久沒有大山的週末，星期六凌晨三點無端醒來，翻來覆去睡不著的我乾脆起床，興沖沖地烤起吐司，煎了培根，攪拌馬鈴薯蛋沙拉，放進 Trangia Mess Tin 便當盒以生菜點綴，帶著手沖咖啡壺，從家裡出發。

加里山、淡蘭古道、黃金十稜、鳶嘴山、哈盆古道、谷關七雄，一日往返的步道與小百岳，最適合一個人。原地攏集的風，把晨霧吹開，漫天落葉像一場好美的夢。每座山都是一段旋律、一首歌、一本詩集，一個人的時候最容易湧起專屬的脆弱，而以這樣的脆弱走一座山最完美。

現實裡，我們都是一個人，經常不知道自己被擺放的位置，也無從選擇自己擁有的事實。破碎的心、怨懟的中傷，總會有人說我們不夠出色、不夠堅強，但我們卻輕巧地越過好幾顆山頭，輕巧地走進山，面對自身的渺小。山在我們迷路的時候派星星，派溪流，派吹來的風和折斷的樹枝，支持著我們的判斷，指引了我們的方向。

在林相變化豐富的小徑中，我獨自踏著落葉，踱步漫漫。一個人的山，是如此地安心自在。

台東都蘭山，一個人的夏日午後。

帳篷

我以為把帳篷背在身上，就能得到安定與歸屬。原以為隨著日出與日落，隨著月圓月缺，便能知道生命為什麼要給我這樣的課題。

凌晨四點鬧鐘響起，窸窸窣窣地從睡袋起身，MSR Hubba Hubba 帳篷透進微微灰色的天光。我瞇著眼睛，伸手摸出前方小袋中的頭燈戴上，穿起左手邊 **Patagonia** 的羽絨外套，套上塞在睡袋末端乾淨的襪子。半身坐起，頭剛好頂到帳篷的頂部，溼溼冷冷的內帳提醒我昨晚紮營在湖邊，霧氣正寒。睡前那瓶放在睡袋右邊的熱水還是暖的，比體溫熱上一度，正好入喉。

我愣愣地坐著，看著頭燈投影在帳篷裡自己的影子，這一天的二十五公里又要開始了。

長程徒步是以動輒幾十天、距離以幾百公里、爬升陡降以好幾百個一〇一疊加起來計算。從A點到B點的線性移動，我在出發前原以為這會是一個極為浪漫的旅程，把家背在身上，把時間過在腳上，從步伐裡踏出每一天。

真的到了步道，我好累，真的好累。走了一整天，大家放下背包後總是親暱地挨著肩坐，揉揉雙腿換上涼鞋，互相倒杯水抱怨剛剛越過的那顆磨人山頭。我卻是憋著氣馬上把背包翻開，拉出帳篷，忙不迭地自己一個人搭起帳來。蹲下來目測營地的水平度，整地撿拾石塊樹枝，確認日落角度，算好隔天太陽升起的方向。非得要搭起帳、鋪好睡袋後，才讓自己喘第一口氣。

就寢前，在帳篷裡就著頭燈，確認今天行進的距離、速度，以目標的遠近來計算明天的爬升、可能的營地與日落時間。一一清點早中晚餐的分配、存糧的份量、凍壞的濾水器怎麼修理、相機記憶卡的照片要轉到手機備份，還有右腳大拇指那個莫名的水泡。這樣那樣，一天結束又一天開始，把家拆掉又把家搭起來。我躺下來，聞著超過十幾天沒有洗頭的頭皮味，我正在想。

我為什麼在這裡？我在做什麼？

我以為把帳篷背在身上，就能得到安定與歸屬；透過長途徒步，就能明白自己的恐懼與遲疑。我原以為隨著日出與日落，隨著月圓月缺，便能知道生命為什麼給我這樣的課題，或為什麼人生總是這麼難，但其實，即便走到這裡，我的恐懼仍交織著遲疑，神諭與天啟並沒有壓倒性地出現。什麼是想要？什麼是需要？誰被誰選擇？我是否只是個選項？步道並沒有透過星星告訴我答案。

今天醒來，我愣愣地坐著，看著頭燈投影在帳篷裡自己的影子。

也許啊，我不能得到什麼噢。我突然這樣想，也許走完了約翰·繆爾步道這三百四十公里，我還是原來的我，既沒有什麼體悟，也沒有方向，不明白的還是不明白，我可能仍然只是其中一個選項。那也沒有關係，太陽等等就會從這個角度升起來，日落前我仍然要把帳篷搭起來。

在這條步道上，我跟我自己走在一起，我就是我自己的家。我已經有能力面對我的不安就只是那不安，我的牽掛就只是那牽掛，那不是我。

我想，這就是為什麼我要在這裡。

輯二

途中的負片

有時候我們在別人眼裡活得很辛苦、很不自在，甚至有些扭曲。
要求自己到某種極限，若瞥見一點空隙，便把自己扭得更緊。
這樣的張力才算剛剛好，我們就喜歡有點痛苦、有點透支、有點不知斟酌地用力。

年輕有錢

你終究是贏我們所有人的，
因為時間不可逆，
你就贏在年紀。

你以年輕的姿態飛翔，
那不是我們能做到的。
你終究會有一天飛得像我們一樣，
但我們永遠無法再飛成你。

當戰場是贏者永遠能贏的時候，
那就不是戰場了。
那只是個坎，
坎只有難與不難，

但無關輸贏。

年輕就是本錢，

講錢俗氣，但你有的是錢。

天生溫柔

有時候我也會累，
人的天性是趨吉避凶，
再怎麼無懼勇敢，
面對太多原則的抗拒，
心有時也會失去節奏而悵悵然。

誰不想靠近天生溫柔？
就像狐狸渴望被小王子豢養，
就像野獸得到貝兒的眼淚。

生命的旅程中，
若我們曾經毫不猶豫
停下來背彼此渡河，

曾經不惜耗損自己
只想保護對方而走在前面，那麼
我想要你知道，
即便人生有多少選擇，
我會選擇天生溫柔，選擇愛。
謝謝，你做過的，和即將做的一切。

說到底

我更懂更明白了些，
然後試著安靜下來，
調整位置和施力點。
假裝心慌沒有發生，
假裝受傷沒有發生。

文字是一條長長的步道，
通往我和你之間的崎嶇與坎坷，
有時候這麼令人挫折。

不管我做得多好多努力，
你的心臟只發出
堅硬乾燥的聲音。

我知道這一切與我夠不夠好無關，
只是你剛好不喜歡我而已。

你先加油

我們都太過習慣，
看向相似而隱隱發光的對方。
有點鬆懈的時候，
有點疲憊的時候，
有點生氣的時候。

偶爾慶幸著也安慰著，
軟弱一下沒有人會發現的，
因為還有另一個我在努力啊。
沒關係啦。

站起來的路

我們並肩，不發一語坐在偌大如薛西弗斯推動的巨石上，只有偶然的溪風吹來時，樹梢說話。「妳覺得中央尖怎麼樣？」過了許久，他問。

中央尖。

山友口中單攻難度九・五分的中央尖山，海拔高度三七〇五公尺，為台灣三尖之首。南壁是險阻的崩崖，北壁是嚴峻的峭壁，尖錐形似刀刃，百岳排名十一。單攻路線包含林道、溪溝、溯溪、攀岩、碎石坡，各種地形一次完整體驗，是中央山脈上最險惡也最顯眼的地標。

南湖溪山屋、中央尖溪山屋、香菇寮營地，這三個第一次聽到名字的營地，讓我在出發前疑惑了起來。既然都有山屋了，為什麼還需要帶帳篷啊？在差點沒有用爬的抵達南湖溪山屋便秒懂，第一天的路程與南湖大山一樣上上下下，才到最低鞍部我就想紮營了。直到南湖溪山屋後，我環繞屋內，床鋪稀稀疏疏地鋪著厚薄不一的木板，牆壁有三面已然坍塌，僅用防水布與木條勉強支撐。陽光與風穿過木條間隙溜進來，光影婆娑與山風徐徐，山屋突然有一種違和的浪漫。雙腿已經不是自己的我，連這樣寒磣的山屋都覺得是華廈高樓，只要不要再辛苦搭帳，什麼都好。

隔天的路途是半夜反覆橫渡二月底仍凍寒的中央尖溪。凌晨摸黑、手腳並用地攀上滑溜的溪壁，抑或沿著溪溝踩著滾動的溪石、倒木，翻越山頭、林道，拉繩攀登、跳躍，一路到了第三天清晨，我連一眼中央尖都沒有看到。才剛結束快三小時的溯溪陡上，離開中央尖溪谷，一轉彎，一條碎石坡站在我眼前。

它是我見過最垂直、最沒有盡頭的路。玉山的碎石坡、南湖大山的碎石坡、雪山北峰的碎石坡、翠池的碎石坡，在這條參天直插到天際、寬大雄偉的碎石坡面前，都顯得小巧可愛。

「路站起來了。」

我回頭看了偉豪一眼，高大的他難得也伸長脖子仰起頭，脫口而出的表情不可思議，瞇著眼睛像是想看清楚，眼前突然出現這條站起來的路，是否只是幻覺。

中央尖啊，這一路走來，我像是在朝著它接近，卻從未見過它真實的模樣。前往的途中沒有得到任何來自山的照顧，山也不曾親切施捨一些微小的信心。絕對不溫柔純良的它，不給捷徑、沒有祕訣、無關竅門，你就是需要走滿三天兩夜，才得以窺探它的全貌。中央尖就像是占據你所有心思的那個人、那件事、那個念想，可能是汲汲營營的名聲，可能是會頭破血流的夢想，也可能是你渴望經歷卻不可得的愛。不論那是什麼，都像中央尖般，不屑你只坐著想，它就是需要你出發，去體驗這肉體匱乏、耗損筋骨的旅程。

當看到中央尖三角點時的心情，其實並沒有比走完這條站起來的路還要澎湃。記得當我攀爬了兩個多小時的碎石坡，雙腳踏上平坦山徑的那一刹那，心情激動到幾乎可以飛翔。那時候我深深地感覺到，不管這世界如何旋轉推進，讓人可以翱翔的力量，永遠是自己給自己的，問題從來不是其他。

下山時，香菇寮營地已經客滿，轉回在溪邊的中央尖溪營地搭營。晚上升起了營火，同行的人圍著火堆，熱熱鬧鬧挨著肩坐在一起，我洗完碗後一個人坐在溪邊，遠遠看著幾頂被火光照到發亮的帳篷。黑夜裡潺潺流動的溪水，溪石滾動時發出低沉的喀拉喀拉聲，與被溪谷切割成狹長而蜿蜒的耀眼星空，像是神的禮物。

偉豪不知何時悄悄坐到我身邊，一如往常地沉默。我們並肩，不發一語坐在偌大如薛西弗斯推動的巨石上，只有偶然的溪風吹來時，樹梢說話。

「妳覺得中央尖怎麼樣？」過了許久，他問。

「這輩子有來一次就夠了。」我說。

偉豪說：「我也是。」

我們一起哈哈大笑，但心底深處知道，下山之後，我們還是會再出發。

中央尖碎石坡。

志佳陽大山迷路記

這時候的迷路讓我無助，無助的原因是沮喪，是我輕忽，是我依賴。不斷破碎、移動、改道的山徑，大意的我沒有隨時拍下照片協助判斷。

想要看那棵沒有人看過的樹。

當風吹來，樹冠像水草在擺動，厚厚的松針疊成一床沒有夢的睡眠。每一座山我都想要去看看那棵沒有人看過的樹，可是我害怕迷路。

而這次，我真的就在繁星點點的志佳陽大山迷路了。

前一晚睡在環清宮，半夜一點，往聖稜線的山友們早已啟程。五點時天還沒亮，環山部落星光微微，我們一行五個人從四季蘭溪吊橋出發，開始落差超過一千七百公尺的惡夢級陡上。同行的一位友人因為爬升太快而有嚴重的高山反應，分成兩隊後，我與YO繼續上攀，另一隊中途下撤。我們中午抵達志佳陽大山三角點，天氣大好，展望遼闊，是秋日晴朗時分的大景，心情格外輕鬆，一路從環山部落就緊緊跟隨YO的小黑狗也在山頂樂得蹦蹦跳跳，但因為心裡懸念著已經下撤的友人們，我們拍了幾張照片後旋即下山。

我較擅長上坡，志佳陽下山一路全轉為魔王級的陡下，因為過去過度練習全程馬拉松留下的右膝舊傷，加上一路鬆軟溼滑的松針而延宕時程，抵達第四號鐵橋時天色早已轉暗。

此時，我和YO兩個女生腳步加快地往前三座鐵橋推進。這次志佳陽大山規劃的時程緊湊，仗恃著有單攻經驗的偉豪帶隊，我和YO僅截圖網路上相關文章的提醒，並沒有像過往一樣仔細下載GPS軌跡圖。不料偉豪因為要照顧有高山反應的友人，早在中午前就與我們分開，帶領另一隊伍下撤。

中午登頂後，在下山途中我一直與偉豪聯絡，但志佳陽大山全線無收訊，連集合的地點都無法確認的我不安了起來。再者是一路下切，右膝的舊傷疼痛加劇，延宕了時程。傍晚溪谷的霧氣湧上，我不斷回想起登前經過了哪些錯綜複雜的果園樹叢與菜圃小徑，想著想著，更全無把握。我和YO沉默不語地趕路，慌慌張張地走到平坦開闊的高麗菜園。黑夜降臨，我們像陀螺般三百六十度地團團轉，四處張望，辨識陌生的路徑，果真，我們迷路了。

終於找到了偉豪與下撤的友人們，但他們也完全失去方向，遠遠看到其他隊伍的山友已經戴起頭燈，在遠處的果園裡東鑽西竄地找路，最後乾脆集合起來，陌生的一行八個人拚命回想到底是從哪裡鑽出來的。已經走了十二小時的我睜著完全恍惚的眼睛，沒有運作的大腦仍努力回想每一顆樹、每一條小徑、每一個果園區塊。耳朵聽見溪水的方位、視線所及鐵皮屋頂的遠近，我一切都無法判斷。

一行人一起攤開身上所有的紙本地圖、GPS軌跡圖、手機上的Google map，都無法讓我們在滿滿的果樹叢中釐清一條清楚的路徑。這時候的迷路讓我無助，無助的原因是沮喪，是我輕忽，是我依賴。不斷破碎、移動、改道的山徑，大意的我沒有隨時拍下照片協助我判斷。

最後的最後，是一位完全不會中英文的外籍勞工遠遠騎著摩托車，比手畫腳地帶我們走回一條寬約五十公分的小路，從灑水中的果樹叢下鑽出去後看到熟悉的路徑，八個人都鬆了一口氣。

彎著腰穿過正在灑水的果樹叢時，心裡面比較害怕的不是等等勢必要沿著溪谷繼續下切，而是黑夜。YO走在我的前面，一如往常地由偉豪壓隊，但隨著黑夜湧霧，溪徑窄小溼滑，我突然擔心起把頭燈借出去、沒有光的偉豪，便自願交換位置，擔任起壓隊的任務。右膝的疼痛讓我落在隊伍後面好長一段距離，就像是一個人獨自在深谷裡攀爬。頭燈畫出一個清晰的亮圓，圓以外的黑吞沒了腳步與呼吸，我對於那好像會拖住人的黑感到不安。而那不安把所有小徑變成迷途，讓我的心在險峻又隱晦的迴圈裡繞路。

那天回到台北已經凌晨兩、三點，身體有如絕望般地疲累，但我卻整夜翻來覆去。志佳陽大山下山後一連好幾天，心底都在翻湧哽咽著什麼。

一直到今天，我想我是明白了，那些撼動你、拒絕你的，都是山。

在登山口，回頭仰望志佳陽大山的身影。

累不過山下的世界

常常在山上覺得自己再也無法邁出一步，這一口氣我幾乎喘不過來，這個山頭我根本無法跨越。意志像一縷細線吊著心臟，隨時都會被疲憊擊垮。

早上九點從雪山登山口的大水池出發，第一天的投宿山屋不是七公里處的三六九山莊，而是要翻越三八八六公尺的雪山主峰後才會抵達的雪北山屋。冬天的雪山沁骨地凍，稍停下來喝口水，正在冒著熱氣的身體就會瞬間關機，上午只好一路趕著沒休息，朝聖稜線奔去。

前一晚加班完便熬夜開車到武陵，因為沒有好好安撫疲憊的身體，超乎負擔的速度反而讓人轉速失常，找不到行走節奏的友人乾脆完全放棄，近乎踱步似的步伐跟不上爬升，我只好每隔一段時間就回頭等待。爬過山的人都懂，最累的不是走很長的路，而是走著不是自己的速度。

等待的時候身體便涼了，反覆地恍惚，快走完黑森林這段的時候剛好正午，陽光斜斜疊疊，隨著霧氣飄蕩的光束像是窸窣移動卻無聲的腳步，把路走得半夢半醒。意識撤守，身體只是不斷運作的機器。

常常在山上好累，常常在山上覺得自己再也無法邁出一步，這一口氣我幾乎喘不過來，這個山頭我根本無法跨越。天要黑了，手指已經凍僵了，風呼呼地吹著，右膝舊傷洶湧的疼痛像是用牙鑽持續往深處鑽挖，直搗神經的痛楚一波一波襲來。我的意志像一縷細線吊著心臟，隨時都會被疲憊擊垮。

但山上的累時而有終，終究會到山屋，終究會跨越山頭，終究路有盡頭，再怎麼累，都累不過山下的世界。

在山下的世界，不論誰給過你什麼樣的承諾，到最後能保護你的，永遠只有你自己。

雪山黑森林的光束，把路走得半夢半醒。

不想和妳爬山

我也許就是太篤定，讓我們獨特超然的關係，在現實的森林裡迷了路。我從來沒有想到你，我從來沒有問過你。

爬了這麼久的山，你只有對我抱怨一次。

奇萊主北峰，那次和你的距離落了好遠，幾乎三天都只能從山頭往後遠遠看著你小小的身影，知道你喜歡孤獨也就不打擾，放心地讓你享受像是一個人的旅程。你什麼也沒有說，總是若有所思地上坡下坡。

過了一個月，你才半挖苦、半埋怨地告訴我：「我不想和妳爬山，妳總是不等我。」

我驚訝地說：「怎麼可能？我以為你想要一個人走！」

你說：「我為什麼要一個人走？」

我們總是一起床就開始聊天，大多是你的電話喚我起來。花時間關注對方，表情、用語和文字，長久以來的默契讓我們擁有獨特的字彙、視線的距離、呼吸的節奏，以及字與字之間的空白。還沒有開口前的對視，就已經把話說了一半，剩下的，也好像不需要用言語說完。所以我老是覺得你了解我是應該的，我也從來沒有錯過你任何表情，我們理所當然應該這麼相愛，就像是天生設計。

那次你說不想再和我爬山，我其實相當受傷。我也許就是太篤定，讓我們獨特超然的關係，在現實的森林裡迷了路。不同角色的各種轉換，每一分每一秒我都逼自己要切換成各個稱職的臉孔後，才開始和你對話。我以為這樣的專業才襯得起自己和對方，我從來沒有想到你，我從來沒有問過你。

不想一起爬山了，你不想要再被我丟在後面了。我現在才知道，但是一切已經來不及了。

日出黃金時分的奇萊主峰。

波卡拉誤點

我安於隨著天氣改變時間與計劃；我安於隨著霧起而停，隨著霧散而行。與出發時一般謎樣的開始，抵達波卡拉時也是充滿了佛系的頓悟。

有一種誤點是沒有盡頭的延遲，充滿詩意，沒有開始也不知何時結束。它叫波卡拉誤點。

波卡拉是尼泊爾的第二大城，是安娜普納峰群所有徒步健行者集結落腳的城市，有雄偉的喜馬拉雅山脈與秀麗的山中湖泊。抵達尼泊爾首都加德滿都的隔天，從早上七點開始，前往波卡拉的班機就因為當地氣候視線不佳而全面誤點，此刻的我正在機場，從無止盡的誤點裡尋找一種規則。

登機報到櫃檯的電子螢幕偶然從停電中復活，顯示登機時間延後三小時，頓時讓大家精神為之一振：這樣就確定今天會飛吧？只要能飛，什麼時候都好啊！不過一個小時後，登機時間又突然變成一片空白，大家面面相覷。所以取消了嗎？別擔心，尼泊爾的機場將拋棄一切繁文縟節，我們只需要等待著櫃檯大吼「波卡拉波卡拉可以飛了」，於是所有的旅人，不管是何時的班機、手上那張被手汗浸潤的紙片是哪個班機號碼，就讓大家一起飛去波卡拉吧！

如此充滿詩意的出發，讓人怎麼能不愛？

我安於隨著天氣改變時間與計劃，我安於隨著霧起而停，隨著霧散而行；我安於加德滿都的地勤們努力地把機位塞滿，如同台灣人在夜市裡狹小的攤位那些有默契拉過板凳的併桌，竭心盡力把所有穿著登山鞋、背著大背包的登山客塞進那架前往波卡拉的小小飛機。

與出發時一般謎樣的開始，抵達波卡拉時也是充滿了佛系的頓悟。

通常，機上會傳來機長廣播再幾分鐘將抵達目的地，或是至少空服員會意興闌珊地從機尾晃出來，用眼神或下巴指揮你繫上安全帶或是把椅背豎直。但波卡拉不一樣，它就是直接、毫不猶豫、懶得說明地「碰！」一聲，乾脆著陸。像是你高中時午睡剛醒，一睜開眼發現老師站在你面前，腎上腺素突然飆高，無法判斷即將發生的會是壞事還是好事。

但發生在波卡拉終究是好的事。從登山商機而誕生，由裝備店、圍巾店、酒吧、旅社與錯綜複雜巷弄所組合成的湖邊城市，揉合著準備啟程的興奮與歸途的疲憊，吞吐了一批又一批愛慕山的人，讓這個城市流著不一樣的血液。

這樣山腳下的城市難以複製，但在某些地方——像隔著一個太平洋，遠在加州的主教城——又不可置信地一致。跨越了種族與語言、宗教與文化的維度，以個體發光的方式發送訊號；或者說，是群山對著全人類發送訊號，要以這些城市或小鎮為基地台，引領同類聚集。

這樣深具個性的城市，波卡拉就像是頸與鎖骨間那顆微小而璀璨的鑽石，點綴在這些眾神的山之間。

失去感覺

原本是這樣，想從山裡得到一些勇氣，以為那才足以面對所謂已成定局亦無力改變的現實。但其實所有的信心都是來自於自己，原來那不是山，是我自己。

第一次對山失去感覺。

陡升兩小時之後的大休息，我坐在尼泊爾山屋外的圍牆邊，距離目的地還有三個小時。步道上開始出現零星的積雪、碎冰，被太陽曬融的雪水便與泥土和成極不討喜的髒泥水，濺溼兩邊的褲管。

被太陽曬著，坐著的身體開始暖了起來。夥伴在遠處嘻笑，我發著愣，接著忡忡地流下淚來。

身體背叛了我，在我過分使用它的情況下發出嚴重的抗議。出發之前已經在台灣看了三次醫生，病症似乎已見好轉，但一到山裡，身體便使出渾身解數，要我正眼面對它。心臟像一隻不斷飛行的信鴿，鼓動快到像是完全失去節拍；鼻子就如同游泳池溺水，被鼻水嗆到幾乎窒息；大腿則是吃了迷幻藥，失去意識但仍有知覺，不間斷地往前邁出再邁出，卻如此酸軟無力。

第一次對山失去感覺。

我眼前的音軌與影像脫勾，每一個人對我說話都像是透過湖水傳來模糊又曖昧的字詞，完全無從判斷。大家驚呼連連的雪景我失去感覺，森林裡飄蕩的魔幻光影我失去感覺，爬升失去感覺，陡降失去感覺。海拔八千公尺綿延的、雄偉的、第一次親眼見到的喜馬拉雅山脈，我失去感覺。

此時此刻，我的身體嚴正地與我斬斷連結，心智的自尊無限上綱，我猶想忽略諸多不適，還想靠意志力克服這一切。坐在山屋前的我，頹喪、軟弱、衰老，眼淚不爭氣地一串接著一串，無聲滑落在我灰藍色的外套上。

原本是這樣，想從山裡得到一些勇氣，以為那才足以面對所謂已成定局亦無力改變的現實。但其實所有的信心都是來自於自己，原來所有的勇敢都是自己供養自己，才不致匱乏。原來那不是山，是我自己。

休息結束，尼泊爾嚮導無聲無息地走到我旁邊，對我微微笑笑後便一手拿起我的包包，像是撿拾一顆松果揣進口袋，如此輕鬆自然。於是，陽光正好，森林又突然美得像仙境，安娜普納群峰高高聳起，山脈積雪的稜線雄偉壯麗。

我緊緊地跟在嚮導身後，願上帝、菩薩、媽祖、阿拉、佛陀，所有神明全賜福給他，是他讓我知道，零負重時，我對山倒是挺多感覺的。

夥伴以為重病的我只是在休息，隨手拍下正在流淚的瞬間。（攝影／nnnfelix）

進化湖

乾乾淨淨的傷口雖然不大，但每天早上踏出去的第一步都痛到心臟暫停。不過不知道為什麼，一旦走起路來，我便忘了它，總要到晚上進帳篷、脫下襪子才想起。

爬過這麼多山，走了這麼久的路，若是有人問我對哪一座山的印象最為深刻，其實我也說不上來。

當然，有故事的山很多，不過不一定都有名字，我也無法在地圖上確切指出它們的位置。我想我就是無法好好地把一份感覺或是一個人安穩地放在某個座標，而是存在於各種漂浮的維度裡。

可是相當難得的，我完全記得約翰．繆爾步道上的進化湖。我與YO、黃捨、慶在雪地走到晚上七點，但抵達進化湖的時候天還很亮。到湖邊取水、濾水，一向在山裡沉默又安靜的我突然心情很澎湃，說了一段很長的話，YO覺得稀奇，還特別錄了下來。

我記得那一天，二〇一九年七月十五日，我笑著哭著，長長的話裡，重複又重複這句：「生活一點也不難，生活有什麼好難的？活著才難，活著難太多了。」每天凌晨醒來，在零下十幾度的氣溫把僵直的腳板伸進結凍的靴子裡，面對幾十公里漫天的雪坡，計算背包裡僅存的食物。在這條步道上的一切都在為了活著，山下的日常、現實的生活，太輕鬆了。

那時候的壓力來自於疲憊，來自於飢餓，來自於對生的無法掌握、對死的無從控制。危險的雪線、垂直的雪坡、致命的急流，為了活下去而拚命走著，這怎麼會是坐在辦公室吹著冷氣打電腦、開完會後逛美食街吃午餐、晚上坐計程車回家的我，可以比擬的壓力呢？

當時右腳底板有個近兩公分的傷口，第一天在營地赤腳走路的時候就被岩石割傷，俐落的切橫都見了肉。乾乾淨淨的傷口雖然不大，但每天早上踏出去的第一步都痛到心臟暫停。不過不知道為什麼，一旦走起路來，我便忘了它，總要到晚上進了帳篷、脫下襪子才想起，原來一整天走起來怪怪的，就是因為這個傷口啊。

坐在進化湖哭著又笑著說話時，把腳泡進零下的湖水，漂浮的湖冰與疼痛的傷口，我想要這樣讓我永遠記得：這世界、這人生，都是這樣運作的，也只能這樣運作。我想要牢牢緊緊地握住「好好活著」這個簡單堅定的信念，即便山下的我在現實中如何混亂迷惑，或是為太過坦率而內疚，我都不要再自我膨脹那龐大的不安，失去測量自己重量的力量。

路總是要走的，已經沒有辦法回頭了。我在進化湖完整了我自己，就算不知道未來在哪裡，就算我的奢求對所有的人來說一文不值，如果不能夠透過誰的擁抱來確認我的存在，那也沒關係，就先擁抱我自己吧。

就算那每一天第一步的痛，永無止盡。

在進化湖，YO 拍下心情激動的我。

雪

我眷戀步道上那凍到讓肺發疼的空氣、一上肩沉重偌大的背包……但人不會永遠強悍，一杯熱茶、一碗熱粥，簡單直接的好，此時脆弱的我需要。

我是南國的孩子，身在台灣，除非嚴冬到大山的雪線以上，不然鮮少見到雪。就算是在山上的雪，大都也是薄薄十幾公分，因為真的開始的下起大雪時，山便被封起來了。

我第一次走上雪地的經驗，是在日本東北初春降雪未融之際。大多數的日本人穿著專業的雙重靴與冰爪，前往東北幾座緯度較高的百大名山，我和YO兩個台灣女生穿著普通的登山鞋，也唏哩呼嚕地跟著走完連峰。那時候對雪地還充滿興奮的情緒——是雪耶！下雪了！

二〇一九年是大雪年，約翰·繆爾步道全線深雪，許多太平洋屋脊步道的全程徒步者都因為西耶拉山區隘口高難度的雪坡而決定繞道，我和YO、黃捻、慶掙扎許久，到底要不要出發？海拔三千八百公尺、斜度超過七十度的雪坡，深及胸口的急溪，我們打開一張又一張的地圖、氣象圖、雪線預估表，下定決心將原本訂在六月初的行程往後推遲到七月中，希望一個半月的時間能讓優勝美地回到盛夏。

不過計畫永遠趕不上變化，融雪未見跡象。我們忐忑不安地採購冰爪與軟殼褲，但同時也要準備雙棲鞋與短褲。沒有在台灣受過雪訓的我們，請了專業的教練惡補綜合步伐、滑落制動、雪地紮營等課程，當我們抵達優勝美地的時候，圖奧勒米草原在七月剛下完夏天前的最後一場雪。

長時間的雪地健行，改變以往視線投放、步伐踏拓、呼吸吐納的習慣，那是一種嶄新的技能，你的身體必須更有效率，精神更為緊繃，以至於一抵達營地的時候，我們都累壞了。

結束一天十二小時以上的徒步，我們四個人沒有雪地經驗，肌肉又不夠強壯，走得比其他徒步者慢，通常都在太陽快要下山、溫度降低的時候才敢開始找營地，免得落後計畫太多。

我和YO都會先抵達紮營處，因為擔心摸黑，決定好營地之後便要快速地取水、濾水、搭帳篷等，沉默但有效且具默契地快速分工。一直到飯後，四個人才有力氣在茫茫大片雪地裡看著粉紅色的晚霞，蜷著身體迎風對視，聊起今天凌晨那條零度的急溪讓人多厭世。有時候太累了，只吃一根冰冷的能量棒就早早鑽進睡袋裡入睡。

約翰．繆爾步道的雪啊，痛苦的冰冷與困頓的迷途，折損了一些愛。

原本打算這一年就不要再走雪地了，不過我就是一個爬山的人，心裡說不要，身體可誠實得很，看到喜馬拉雅山脈那白雪皚皚的動人稜線，腳底便癢了起來，還硬選了隆冬的一月前往。

尼泊爾一般的山區健行大部分都能在下午四點前結束當日行程，即便是更強悍的雪地與高張度的爬升，遠遠地盼到藍色屋頂的山屋，心瞬間就瓦解疲憊。抵達馬蹄山群健行步道上五星級山屋的時候，就端上一杯暖燙的香料奶茶，坐在燃著熾熱火焰的柴火爐旁，癱軟在臥榻上，等待送到手中那一碗暖呼呼的熱粥，覺得幸福異常。

我偏好長天數的徒步旅行，想完全脫離日常而投身在荒野，與約翰．繆爾步道雪地的蒼穹荒涼相比，尼泊爾精緻的登山文化對我而言的確失去一點動人的詩意。

我眷戀約翰．繆爾步道上那凍到讓肺發疼的空氣、睡袋因為呼吸結上薄薄的霜、一上肩沉重偌大的背包，還有一眼望去靜止平衡，甚至要用體面來形容的湖。但人不會永遠強悍，尼泊爾山屋的這杯熱茶、這碗熱粥，簡單直接的好、毫無懸念的好，此時脆弱的我需要，心需要。

二〇一九年盛夏，約翰．繆爾步道上未化的積雪與湖冰。

一萬條河的跨越

我們相視而笑，或相對而泣的眼淚，讓我們走向終點，也終於回到起點。如果我能跨越一萬條河，那麼所有的河都會帶我流向我該去的地方，只要這樣想，我就有勇氣開始新的今天。

每一次的投票所都在國小，好久沒有回來了。大同國小操場藍色的半圓形司令台，陽光晴朗的時候像四分之一個地球儀。投完票後我坐在司令台看書。讀到一段喜歡的詞，便唸出聲音，熟悉的迴聲響起。

我很會背中文的詩詞，真希望我也很會背英文單字，可惜的是天分有限，限量總是殘酷。

小學三年級開始，我就常常被老師指派參加詩歌朗誦比賽，基本上就是裝腔作勢，站在司令台前搖頭晃腦的那種小孩。我的練習本上有連音、促音、漸強、減弱、停拍、語速、手勢等符號，不管我有沒有理解那幾百首詩真正的意思，先背起來就對了。也因為這樣，只要聽過一首歌我就不會忘記歌詞，文字對我來說永遠重要於旋律，對於某一個時期的詩人有特殊的偏好，特別喜歡黑眼睛文化。

在約翰·繆爾步道上獨自沉默徒步的時候，我努力回想曾經背誦的詩詞，或是琅琅上口的歌曲。但就像是丹尼爾·沙克特在《記憶七罪》裡提到，所有的作為與不作為之罪，產生的第一個適應反應就是健忘。原來記憶極不可靠，以為的永遠只是片刻，所有篤定都融化在時間的河裡。

於是我想聽歌。在步道上，手機的電量是很珍貴的，我只能在需要鼓勵自己起床的清晨聽一首歌，通常這時候天都還未亮，一片黑暗的荒野，我靜靜地躺在帳篷裡看著星空，聽隨機播放的那首歌曲。

前一天剛結束十六小時的雪地健行，身體與心理狀態都在零落衰破的階段，凌晨醒來知道又要面對這一天無數深及腰的急流與沒有結束的雪地，突然覺得身體脆弱得像張紙。窩在睡袋裡的我是一坨被盡情搓揉過的麵團，白白軟軟地發著。

今天隨機播出的那首歌是皇后合唱團的〈Keep Yourself Alive〉，主唱佛萊迪高亢的嗓音唱著：

But if I crossed a million rivers　但若我跨越一萬條河

And I rode a million miles　騎過一百萬英里
Then I'd still be where I started　而我仍然在我開始的地方
Same as when I started　和我剛開始的時候一樣

生活大部分都在失去或是擁有，不論是任何有形、無形的人、事、物、地，都架在一個沒有停靠站的時間軌道上運行著。但詩歌是時光機，文字讓我們回到任何一個瞬間、地點、表情、溫存。我們相視而笑，或相對而泣的眼淚，讓我們走向終點，也終於回到起點。

如果我能跨越一萬條河，那麼所有的河都會帶我流向我該去的地方，只要這樣想，我就有勇氣開始新的今天。

輯三

途中的正片

有些事情，我們做起來都開心。
一起爬山，一起遠行，一起肚子餓，一起看星星。
你說的話我懂，我說的話你想聽，笑在對的時候，不計較背多重的東西。
我想你就是這樣的夥伴。

你要去遠方

如果你要去遠方，
請帶走你的詩篇，
帶走你的韻腳，
帶走你手插口袋的身影。
留下一地的隱喻與假設，
對仗你的感性、我的理性。

浪費時間

想和你一起浪費時間。
像是下班後坐在車上顧左右而言他，
代替晚餐。
像是在誠品拿起每一本書，
只讀一個句子，
湊成一首詩。
像是等待雪山第一百次日出，
只是這次離你的肩膀十公分。

想和你一起浪費時間。
像是在山屋裡戴著頭燈，
照亮你高中、大學、
此生所有的暗戀。

像是站在信義路的天橋上，
看著我低頭望著車流的臉。
像是能高主峰日落後
美到失去語言的星空，你徹夜失眠。

第四杯咖啡，
第十三趟自由式，
第五顆山，
第一次從帳篷裡睜開眼睛醒來，
只覺得你可愛。

停頓

我的最愛是〈Apocalypse〉，
這首歌在 03:34 和 03:38
有個極有魅力的停頓。
我和《時間裡的癡人》的霖肯一樣，
對於停頓特別著迷。

你其實一直都不知道，
在山裡，
我常常停下腳步回頭看你。
在你抬起頭對我微笑之前，
經常有幾秒的停頓。

那幾秒的停頓，

就像是宇宙和我一起共享一個，
充滿天啟的祕密。

風的辦法

在山裡，你比較像你；
在山裡，我比較像我。
身體誠實地回應重量，
如同森林回應風。

山下那渺小的糾結，
懊惱的你總在練習懂。
而地球在轉，銀河在流動，
如同雲和森林不擔心風，
風自有風的辦法。

便宜的光

隨時伸手就可以擁有的溫暖、微量的情感連結就可以投入的懷抱、輕易拾來的溫言軟語，的確能讓人短時間得到一定的撫慰，得到一些力量。

大霸群峰第三天，凌晨三點起床，我和偉豪與所有的隊伍反方向，朝著大鹿林道出發。遠離燈火通明的九九山莊沒幾步路，身邊的黑突然粗暴地降臨。

偉豪快一百九十公分的高大身影一直像座山，自五年前我們開始結伴爬山以來，我從沒跟上過他邁開長腿的步伐。他單眼皮、高鼻子，有著寬闊的肩膀和結實挺拔的胸膛，對任何事情經常面無表情顯得毫無興趣，笑起來的模樣卻柔和無邪地讓人心疼。他那好看的外表經常在山徑上得到小帥哥的稱呼，或是各位大姊們的留心照顧。身為登山好夥伴的我，雖然是背包拉鍊上的小吊飾，如附屬品般的角色，總也能得到些微被施捨的好處。我們的性格上有著類似的黑洞，沉默成癮又懶得麻煩別人，擅於淡漠又疏離的相處，對待彼此直接而不囉唆。

耳中只有安靜的腳步聲，眼前是漫長的步道，他突然間雙手插口袋，緩下速度，踱步與我並行，還沒有出聲，映在地上的高大影子就一副有話想說的樣子。我仰頭回望，原來是愛現他的新裝備。

「喂，我的新頭燈。」偉豪手比了一下額頭上的頭燈，然後抬抬下巴示意我看地上的光。他的光源亮度高、集中，連土地質感細小的顆粒都可以清楚看見，聚光的效果真是不錯，肯定也剛換了新電池。

我說：「很不錯耶，什麼牌子？」

偉豪說：「沒有什麼牌子，就是隨便買的，才三百塊。」

他把頭燈拿下來翻來覆去，也沒有看到什麼品牌的標記。我接過手來，重量輕盈、結構陽春的頭燈讓我嚇了一跳，不禁開口說：

「這麼簡單！不會很容易壞掉嗎？」

「那有什麼關係，壞掉了就再買一個。」他把頭燈重新戴回頭上，帶著一點驕傲神情，說：「反正那麼便宜，就常常買新的啊。妳的 Petzl 頭燈價錢可以買我的十個呢！」

我笑了笑，偉豪邁開長腿，大步往前走，黑夜繼續沉默。四公里陡降一千公尺，不到兩小時就走完了，一路上我都想著我們的對話，想著便宜的光。

先撇開慣看頭燈時會注意的防水性、充電方式、重量、流明、恆流、散熱等機能技術層面不說，便宜又新的光，或是昂貴堅固的光，到底有什麼樣的差別呢？如果讓我選擇，我會想要擁有什麼樣的光？十七公里處的石桌椅到了，踏上大鹿林道時天微亮，我收起了頭燈，卻沒辦法收起疑惑的心。

平凡的、每日都預知有天明的黑夜，那麼我也會選擇便宜的光。伸手就可以擁有的溫暖、微量情感連結就可以投入的懷抱、輕易拾來的溫言軟語，的確能讓人短時間得到一定的撫慰，得到一些力量。不需理會夠不夠堅固、夠不夠穩定，因為隨時都可以採買和置換，那麼我在猶豫著什麼？

突然明白，因為我曾在深谷裡。那種黑不一樣，我知道在那樣的黑夜，不是誰伸出的手都可以握著，不是誰給的溫暖都想要，我只能不斷地測試、無情地揣摩、高強度地拉扯，證明這股力量是真正能讓我攀附，證明這個擁抱能恆久善良。而我是否毫無理由地製造強人所難的混亂與漩渦，以期能分辨不畏艱難而來的善意有多純粹？我是否過度耗損那些愛我與我愛的人，就因為我害怕那投射而來的是矯情易逝的光？

希望那光照著我的時候，就算黯淡微弱，我仍能分辨光底下那個人的面貌與輪廓；我能分辨他的呼吸與氣味，我知道他是越過千山萬水、一百萬個山巔朝我走來。他從太古時代就聽見我的召喚，於是邁著堅定的步伐，不急不徐；我知道我幾億光年前就投下的星火，只有他能看到。神諭天啟般的交集，姍姍來遲的相遇，我不急，因為我從不貪戀便宜的光。

一路上，有時候陽光耀眼，有時候黑影籠罩。

凌晨三點

在山上，如果迎向日出是一天的開始，那麼山下的日子，迎向什麼才是開始？如果回到山下，我能否每一個凌晨三點醒來都知道自己的方向？

上過山的人都知道的密碼：凌晨三點。

山屋裡的凌晨三點是個魔幻的結界，好像剛睡著，又好像已經醒來；似乎熟睡已久，又像是整夜失眠。鼾聲剎那暫停，響起睡袋的窸窸窣窣聲、咳嗽聲、嘆息聲，還有伸懶腰的時候因為睡不慣通鋪的木床，全身骨頭都發出喀拉喀拉的聲響。

該起床了。

紅色頭燈的閃爍，忽明忽滅。起身的大多是商業團的山友，趕著四點出發看日出，急忙前往餐廳扒碗熱呼呼的稀飯。還窩在睡袋裡假寐的登山客則都是預定今天下山，不急著醒來，天亮再出發吧。

我不一樣，就算是要下山的那天，一樣會在三點醒來。這種清醒從不刻意，像是夏日午盹完打聲響指，嘩一聲地拉開窗簾，大把陽光灑下。我最喜歡這個時候的山屋，零度以下的冬夜，哆嗦地搓著雙手，呵一口溫暖的氣立刻變成白霧。

我坐起身淺淺地呼吸，習慣又新奇地看著鬧烘烘的人們。每個人的頭燈下都睜著一雙閃亮亮的眼睛，像是高聲地說：「要上山了！要看日出了！」空氣裡飽滿興奮的顆粒在溫暖的山屋裡推擠，再怎麼勉強按捺的雀躍，都變成一波又一波愈來愈高的浪。

在山上，如果迎向日出是一天的開始，那麼山下的日子，迎向什麼才是開始？如果回到山下，我能否每一個凌晨三點醒來都知道自己的方向？我能否醒來的時候願意違和自己，把心剝落一遍又一遍？

我沒有把握在醉生夢死的現實裡找到一個能安身立命的原因，於是我總是想上山。山上的一切如此確實與堅定，日出而起、日落而息的節奏令我寬慰。也許我沒有想要什麼，只是想要一個安心，那個我知道出發就會看到的日出大景，我知道出發就能跨越的山頭，我只要邁步就能增加的里程，我只要努力就會回報的所有一切。

在山裡，至少在山裡，我安心地知道，活著，是很簡單的。

凌晨三點，都在等這一刻。

山的寵兒

千萬顆閃亮碩大的星星壓倒性地往我襲來，寬大而清晰的銀河流動著……千萬年來，人們抬頭看著同一片星空，而千萬年來，人們都一樣深受感動。

海拔約三千五百公尺的尼泊爾三六〇山屋，今晚下榻的房間在主建築的最外圍，而廁所卻在山屋的另一頭，還要往下一個平台，越過窄窄的石階。也許平常這不算什麼，但在積雪超過一公尺、零下十度的喜馬拉雅山脈，半夜上廁所就是一個極艱困的考驗了。

在山上，我通常選擇憋。也許晚上九點就開始感受到一波一波湧來的尿意，我會說服自己並沒有這一回事，甚至幻想自己正在沙漠瀕臨渴死。這樣的自我安慰可能持續到半夜，但終究是要面對即將爆炸的膀胱。我甚至還回想起小學畢業典禮那天，從前一晚就忙著灌水球，灌得好的同學總是可以把水球表面撐到薄薄的，拿捏得恰到好處。水不斷注入紅橙黃綠藍的氣球裡，幾百顆水球沉甸甸的、即將爆破的……

好吧，無法再假裝沒這回事了，我停止沙漠的幻想與水球的回憶，睜開雙眼適應了黑暗，然後不情願地坐起身。還沒有離開睡袋便感受到背後那涼颼颼的冰凍空氣，摸黑披上羽絨衣、戴上頭燈，緩緩地打開了房門，細雪凍風便打在我臉上。

此時屋裡的偉豪感受到門外颳進來的冷空氣，便也睡眼惺忪地醒了，意識朦朧、聲音低啞地開口說要陪我，畢竟廁所離了好一段距離，伸手不見五指的黑夜裡，要踏進兩旁都是一公尺高積雪小徑和結冰溼滑的石階，是有那麼一點危險。我們一前一後摸黑走到廁所，溫熱的呼吸和小解產生白色的霧氣隨即充滿窄狹的空間，對，就是這麼冷，冷到伸手進水桶想洗手，發現裡面的水全結成冰塊，只好胡亂拿兩旁的雪握在手上，等化了當作洗過了般。

兩個人低頭躲著寒風，快步走在長廊上，抬起頭突然瞥見山屋一角星空燦爛。我們縮著脖子，卻停下了腳步，索性踏入雪地裡，走離了山屋一段後，一起關上頭燈。

那是我此生見過最澄澈、窮極一生難以再現的星空。千萬顆閃亮碩大的星星壓倒性地往我襲來，寬大而清晰的銀河流動著，各式不同的星座排列，億萬閃爍的衝擊與撼動。千萬年來，人們抬頭看著同一片星空，而千萬年來，人們都一樣深受感動。我們癡癡地望著，無語沉默了好一陣子，低聲盤點我們貧乏的天文知識，細數腦中可以分辨的星座，然後對著叫得出名字的星星滿意地點點頭，就像是見到了一位久違的老朋友。

面對山餽贈的禮物，我們連被動地領受都顯得貪婪，呼吸幾乎失去反射，心臟因過度完美而失去跳動。我想起《沙郡年紀》那一句：「像是把幸福逐回天堂，那可能是我們今生永遠無法到達的地方。」

鑽回睡袋，突然發現半夜上廁所不再是件痛苦的事，甚至有點慶幸。也許我總是比別人多點幸運，山留下我、照料我，並讓我領受了眾神最精心的禮物。在不經意的時刻，站在雪地上與友並肩分享此生無憾的星空，我只能相信我是被挑選的，我就是山的寵兒。

山屋日常

裝備能用就好，衣服可愛就好，想念山的心，是要離開山才懂的。有的人多爬了幾座山，有些人多等了幾陣風，那些各自擁有的，都是旅程裡最獨特的體驗。

午後。

山屋裡靜悄悄的，凌晨兩點出發從大霸群峰返回，補眠的山友們正打著輕微的鼾聲。今天雖然走了快十二個小時，但是回來山屋後身體反而不怎麼累，我就坐在通鋪寫一陣日記。寫累了便抬頭看看窗外、仰仰脖子，感受到對面上鋪的一雙眼睛。

不太習慣被直視的我，這次反常迎上了視線。她是一個短頭髮的女孩，看起來約莫剛畢業的青春，鬆垮垮地戴著橘色和藍色交織而成的毛帽，露出前額短短捲捲的瀏海。玳瑁色圓框眼鏡垂在鼻翼，像一隻玩得太累的幼年黃金獵犬，頭朝著走道趴睡著，下巴倚著手臂，眼神迷濛又天真。

我原以為她是在看我，但她透明的視線卻穿過我，於是我知道她只是著陸一個定點發呆罷了。九九山莊並不像玉山的排雲山莊或奇萊南華的天池山莊那樣寬敞氣派，午後小小窄窄的龍門一號山屋，醒著的只有我們兩個人。這樣的空間裡，緊密的空氣反而讓我覺得自在，我擱下了筆主動打聲招呼。

「嗨，怎麼只有妳？妳朋友呢？」

她揚起睫毛，瞳孔悠悠地往我慢慢對焦，身體動也沒動地說：「我不知道，我一個人回來的。」

我嚇了一跳，因為昨天晚上睡覺前，她們三個少女還在窸窸窣窣地聊天，我雖無意探聽，但山屋裡的話語是沒有祕密的。

「我昨天有聽到，這不是妳第一顆百岳嗎？妳今天一個人來回大小霸？」

「嗯。」

「妳朋友沒有等妳嗎？」

「嗯，她們走得很快。現在應該去撿伊澤山和加利山了。我只有去到大霸尖山而已，小霸尖山要攀岩，我一個人不敢走。」

「噢……」

我想安慰她，但也不知道怎麼開口，只能把那點溫柔藏在拖長的尾音裡。

過一陣子她突然起身，從上鋪翻下床，站在我的腳邊，用眼神檢視著我的裝備，像隻好奇的小狗東嗅嗅、西嗅嗅的模樣。我索性闔上日記，興致盎然地看著她。

「這是什麼？」

「MSR Wind Burner 的爐具，造型很特別吧。下面這封閉式的設計是要阻絕風的影響，更幫助瓦斯的汽化效果。」我說。

我轉動系統爐的爐面讓她看個仔細。她先是靠近，然後往後退了一步，推推眼鏡笑著說她看不懂，裝備好難、好多啊，前幾天只是挑個背包，那些專業術語就讓人卻步了，又不想要顯得自己是個菜鳥新手，只好厚著臉皮嗯嗯哼哼地回應，硬是選了一個對新手來說太高階的大公升數背包。

「店員說我以後會很常爬山喔，大家都是這樣的，所以要一次攻頂。可是我爬完第一次就不想再爬了。」

我笑著安慰她，裝備能用就好，衣服可愛就好，那些防水係數、抗撕裂，其實是更技術層面的追求了。至於喜不喜歡山、以後要不要常常爬山，在山屋的時候都沒有感覺啦。想念山的心，是要離開山才懂的。

「瞧，妳不就一個人完成了第一座百岳了嗎？這連我都做不到，妳真的很棒耶。」

她靦腆地低下頭，不好意思地笑了起來，卻又馬上紅了眼眶。窗外突然灑進秋日的斜陽，原本瀰漫的霧氣散開，一群剛下山的腳步聲與紛雜的人聲透過老舊的山屋玻璃傳了進來，我捏了捏她的手臂。

吃晚飯的時候走進餐廳，看著她和其他兩位女孩邊吃著泡麵，邊看著手機的照片比劃著，肩捱著肩親密地交換食物，說到什麼的時候一起放聲大笑，少女們的笑聲如此燦爛。

人生的道路不也是這樣嗎？以為身旁的都是夥伴，以為總是會有人陪伴，但每一個人都有自己的目標、習慣的步伐，縱使剛好有誰與你的目標一致，但不一樣的速度，也會有先有後。

有的人多爬了幾座山，有些人多等了幾陣風，那些各自擁有的，都是旅程裡最獨特的體驗。

有的人陪你一程，有的人離開你一段，但抵達的時候，我們都要能相視一笑，即便旅程中我們錯過了，那也沒有關係，因為不論什麼時候，你都擁有你自己。

大霸群峰九九山莊，下午安靜的山屋。

營地生活

如果不確定交往的對象是否該朝永遠前進的話，那我真摯地建議，和對方走上一條超過兩個星期的步道，總不會錯的。

喜歡在山屋裡寫日記，因為山屋裡的溫暖與愜意，一下讓心情闊綽了起來。我常於餐與餐之間窩在睡袋裡寫字，抵達山屋後，強度大的體能耗動告一段落，大家或躺或坐，賴在山屋的通鋪上，有一句沒一句地閒扯，很多對話在此刻發生，故事剛好也清晰而具體地被抄寫下來。這些看似生活的日常，大抵上是我最喜歡的山上時光。

營地的生活通常比較難記錄，不論是在溪谷、雪地、湖畔、隘口紮營，總在忙著。忙著整頓營地、搭設帳篷、洗衣擦身、撿柴升火、濾水煮食，鮮少時間空閒下來，更別說還用珍貴的電力寫日記。

長途徒步的荒野營地，肉體或是心理上，都辛苦。

結束長時日的縱走或是一條步道，下山後心裡通常很澎湃，朋友若在此時問起旅途，我最喜歡說的還是人與人之間的故事，尤其是營地生活，總是最受歡迎的情節。常常在想，如果不確定交往的對象是否該朝永遠前進的話，那我真摯地建議，和對方走上一條超過兩個星期的步道，總不會錯的。

在營地生活中，我們需要重塑另一種類似山下日常的型態，而那可能就是對方對「生活」最核心的信念與堅持。山上山下，一個人卸下武裝，顯露出真實的自己，那過程你以為沒有任何預兆，但只需留意細微的轉換，你能看見一朵雲如何變成另一朵雲，像是一朵積雲在午後突然消散，或是纖細的卷雲在天空張開了薄薄的羽翼。那樣的變化是如此瞬息，營地生活是個端詳的好時機，你能看見對方如何面對黑暗的寂寞、迷途的抉擇、體力的極限、勞動的甘願。

你能就此探知一個女孩的脆弱、堅強、驕縱與任性，你能看到她以一個保護者的姿態，踩出溫柔而堅定的步伐。她也許變得無所不能，在七十五度的雪坡意外滑落制動後，手掌滿是摩擦的血跡，她不吭一聲地站起來拍拍屁股，給你一個要你放心的微笑。

同時你也能看穿一個男人，長時間裡願意承擔與保護的意願，他是否還在裝腔作勢，或是他天性自覺理當肩負更艱困的責任；他是否總自願在漫天雪地的迷途中領隊，在陡峭溼滑的溪谷將手伸向你，或是他懶得拿出地圖，不願承受錯誤選擇的壓力，只想等待別人做決策，然後抵達營地時把背包隨手一丟，遠遠坐在一旁拿出手機。

荒野的營地生活，無所遁形，想裝都裝不來。所以我也最珍惜山上的夥伴、山裡的友情、山中的故事。他們從不計較太多，無私分享笑聲、食物，承擔苦難，有時候甚至生死與共。那是毫不猶豫地把自己交給對方，不論迷途或困境，都願意一起走過。

紮營在被大火燒毀的森林。

女孩的山

閃亮亮的美顏登場我學不會，累的時候躺在步道旁就睡了起來。沒辦法香甜輕柔、惹人憐惜，但管他的，也是有我這種女孩的山啊。

喜歡和女孩爬山，喜歡這樣的開始：

女孩把像糖果般的裝備整齊排列在床上，認真拍了一張照片發問：選紅的還是粉紅的外套好？

女孩主動擔任料理主理人，一週前便先告知菜單，並且放上試做照片，蛋還可以選半熟或全熟。

女孩細心準備番茄與葡萄，水分多又方便即食。

女孩的行動糧總是甜蜜浪漫，蜜餞、巧克力、玫瑰口味的糖果、砂糖橘。

喜歡這樣的途中：

女孩在爬坡的時候會回頭說加油加油，等等就可以休息囉。男生腿長腳長，咻一下就不見了。

女孩在休息的時候會整理身邊的位置，鋪上手帕叫你過來坐。男生一屁股躺在地上，背包亂扔，用衣服擦汗。

只要說想上廁所，女孩立刻幫忙瞻前顧後，找個隱密的好地方。男孩只會說你又要尿尿喔，這裡嗎？（可能指的是超級暴露的草原或稜線。）

抵達山屋，女孩馬上拿出溼紙巾擦汗，再遞來一杯溫熱的奶茶。男生鋪好自己的床便臭烘烘地躲進睡袋，先睡一覺再說。

喜歡這樣的清晨：

女孩一整晚鮮少翻身，安靜地呼吸，起床後躡手躡腳地擦臉、梳頭。
女孩戴起明亮的白色毛帽，晨起的素顏一臉清秀。
女孩走進黑森林時腳步細碎，小徑變寬的時候，捱在你身邊並肩同行。
女孩看日出的眼睛閃閃發亮，瞳孔是琥珀色的海，睫毛搧出我沒見過的浪。

喜歡這樣的歸途：

緩緩的下坡途中，女孩開始說起了故事。那些悲傷沒有人聽過，晶瑩剔透的眼淚如露水。

女孩傳了許多張背影、側臉，或你說話笑開的照片，在你不經意時記下最美的時分。

下山時女孩的放鬆，是輕巧的腳步、可愛的笑聲，還沒有回到登山口就開始快樂地約起下一座山。

說再見的時候，女孩突然有點哽咽，貼著臉頰給你一個緊緊的擁抱。

女孩的山總是香甜，偏偏我是個反指標。

在山上七天不洗頭，行動糧是牛肉乾和滷豆干。從不擦防曬，運動內衣洗了就隨意披掛在背包上晾乾。永遠不懂山料理，吃下自己煮的食物只為了活著。閃亮亮的美顏登場我學不會，累的時候躺在步道旁就睡了起來。

沒辦法香甜輕柔、惹人憐惜，但管他的，也是有我這種女孩的山啊。

山食物

在山上能餵飽我的不是麵條或乾燥飯，是免烹調的月光、免蒸煮的銀河、新鮮燙口的黃金日出、清涼爽口的滿盤繁星……

我爸媽都非常會做菜。誇自家父母的廚藝，就像是老王賣瓜，好像不太具有說服力，但說到我爸爸甚至有個綽號叫方總鋪師，那麼這就一定有點戲了。

因此，只要交往中的對象到我家吃過飯，之後都會不斷問我：「妳有空怎麼不跟妳爸媽學做菜？」或是週末約會看完電影，晚餐時間還沒到就早早送我回家，我爸媽若已經在廚房忙，男朋友便積極主動探頭，親熱地打招呼，以便讓我爸媽忙不迭地留人下來吃頓便飯。

其實廚藝高強的父母只會養出口舌極刁鑽的小孩，廚房這個地方從未有孩子們的容身之處，廚房裡是伉儷情深，是夫唱婦隨。

爬山是帶不上爸媽的，我只好開始學著簡單的山料理；或者是說，在山上終於開始願意吃自己煮的食物。但好舌頭的我終究有些天賦，這麼貧乏的料理才能總還是有一、兩道端得上檯面，我想這也是我爸媽始料未及的。

吃很重要，但吃什麼很重要嗎？

山食物首重場域，吃什麼不重要，在哪裡吃最重要。一樣的東西在四千公尺的高山上吃只會感動到痛哭流涕，像是一片塗滿花生醬、夾著堅果的墨西哥捲餅，或是自製的燕麥穀片蜂蜜軟棒。次重要的是簡易操作，煮沸水便能成就一頓豐盛晚餐，像是雞腿薏仁鹹粥，或是白麵條乾拌炸醬豆干。在山上，我從未煎炸翻鑊，不曾燉煮悶燒，當已經連續行走十六小時的時候，一切煮食皆以速度取勝。

在味覺以外的感官達到登峰造極時，再怎麼舌刁嘴尖的人都能輕易放下口腹之慾了。若能坐在中央尖上遙望山巒池邐之美，在馬蹄山群步道上看著尼泊爾著名的魚尾峰，那麼就算是白吐司夾起司片，或只是一根蛋白質與碳水化合物組成的能量棒也成珍饈佳餚。在山上能餵飽我的不是麵條或乾燥飯，是免烹調的月光、免蒸煮的銀河、新鮮燙口的黃金日出、清涼爽口的滿盤繁星。一顆松果就是一整座森林，風吹過樹梢的時候我就夾起風，陽光在溪上的閃耀是免費的加菜，吃得好撐，吃得好飽。

不過我在山上記憶最深刻的食物，是某一年步道上天將亮未亮之際，零度雪地的帳篷開了一個小縫，YO哆嗦著雙手遞進來。我坐起身，在暖呼呼的帳篷裡隱約地看到她蜷著身子，在月光下亮著頭燈，躲著風為我沖了一杯熱咖啡。那是我喝過最好喝的咖啡了。

清晨起床，奢侈的營地咖啡。

不能睡

先發兩小時的呆，再看兩小時的爐火，還有時間需要打發的時候，最讓人興致盎然的事情就是研究山屋的菜單。

尼泊爾喜馬拉雅山脈只要到海拔兩千五百公尺以上，十二月下旬就會開始下雪，所以通常在高海拔的山屋起居室裡，總會有一個柴火爐。

這天落腳的地方在一處高海拔的森林，山屋主建築的正中間有個巨大的柴火爐，只要一燒柴，滿屋子便熱了起來。窗外是零下的溫度，玻璃上蔓延著霧，吃完午飯的大家圍著爐火，眼睛暖暖地發愣，半臥半躺著，安安靜靜的，只有柴火偶爾劈裂的聲音。

有時會有好心人願意起身，縮著身體到屋外挖了一盆雪，放在柴火爐上，大家的眼神便從紅紅火光轉移到雪融化時吱吱作響的水盆，一冒泡泡便拿杯子舀來喝。

不能睡，因為晚上除了凍，除了雪，只剩翻來覆去難以言喻的黑夜。於是白天我們都得醒著，為了晚上能好生安睡。那就像是我們青春時只為工作努力著，是為了在未來能好生老去，有時候人生中最難承受的事物，需要耗損生命裡最罕見的珍貴，用此交換，才得以寬慰。

不能睡，那總是要做些什麼，先發兩小時的呆，再看兩小時的爐火，還有時間需要打發的時候，最讓人興致盎然的事情就是研究山屋的菜單。

尼泊爾的山屋料理有滿滿一本菜單，翻起來約莫四大頁。不過在尼泊爾的上百家山屋，幾乎都是大同小異的菜色：炒飯、炒麵、蒸餃、傳統定食、麥片、粥、沙拉等，比起台灣山屋來說，的確是精緻豪華且多樣化，而且三餐定時餵食，來尼泊爾爬山極有可能胖著回家。

但今天是除夕夜，我想要吃點什麼，特別是今天。從小到大，這是第一次沒有與家人圍爐，親情強烈的血緣羈絆已經不再，換來的是更多對彼此追求幸福或夢想的體貼，這也是只有家人才辦得到的寬容。

點了一碗熱熱的粥，除夕夜，我與滿屋子的陌生人圍爐，吃著滋味樸實但不簡單的山屋料理，想念著遠方的人。

尼泊爾的山屋沒有訊號與電視，那就好好聊天。
（攝影／nnnfelix）

四千兩百分之一的相遇

不管你是否失去一切存在的意義，不管你是否知道為何在這裡，不管你是否準備離開或是只能被結束，我想讓你知道，我都懂的。

還記得遇見的時候，我們都哭了。

出發前，我和正在太平洋屋脊步道途中的台灣長程徒步者乃勻與小邱不斷聯絡，討論步道上的雪況。由於那年的異常氣候與降雪，著實打亂了所有登山者的行程。已經七月初了，山上未見融雪的跡象，許多的長程徒步者都選擇跳過仍被大雪覆蓋的西耶拉山區，先往更北邊邁進，小邱則決定一路朝北，貫徹「不跳點」的初衷。完全沒有雪地經驗的我雖然知道路徑的困頓與艱難，但機票買了，背包上肩了，說什麼也非要親眼看到「不能走」才願意打消念頭。

抵達舊金山當天，忐忑慌張地準備寄送糧食與調整裝備，隔天立刻朝優勝美地的瑞茲草原出發。

第一天，包括迷路走了超過三十公里，晚上九點在維吉妮亞湖紮營時，眼淚都快掉下來了。第二天，因為缺乏在雪地長程健走的經驗，拉長了隊伍，落日後的寒風更拖慢了大家的速度，趕不上原本紮營的地點，迫降在無名雪地。面對整片的未化雪原，整夜凍到無法入眠，隔天便早早起身往朱紅谷度假村與瑪麗湖的方向推進。

第三天，走在步道上時我還在想，依照這樣迷路的混亂軌跡與緩慢前進的速度，要遇上乃勻他們倆的機會是微乎其微了。完全失去路徑，錯綜複雜的腳印，只稍彎出去某條小溪濾個水，一返回就是完全不同的風景。結果當天下午，我和乃勻竟然就在那條僅僅三十公分寬的小徑上意外地遇見了。

遇見的瞬間我們就哭了，我知道那淚不是因為那些雪坡、那些墜落、那些路徑的崩塌，也不是那幾百次的急流橫渡、那些在零度溪流的千次取水、那一抬頭就覺得絕望的迷途。

我知道那是因為你知道自己很勇敢、很勇敢，你知道是「你」帶著自己來到這裡，來到此時此刻，就在這三十公分寬的步道上。我們的淚水流的是這個。

當然難，生命都是難的。但有些難其實可以很簡單。怎麼體現成簡單正是我們在做的事，這也正是這段旅程豐碩我們的過程。

生命啊，時間拉得這麼長，需要這麼多勇氣，千萬次告訴自己不要失望。

不管你是否失去一切存在的意義，不管你是否知道為何在這裡，不管你是否準備離開或是只能被結束，我想讓你知道，我都懂的。我都經歷過、沉淪過、失去過、被擊潰過、體無完膚地被摧毀過。

於是，想要閉上眼睛就給你擁抱。我好想要閉上眼睛，在每一個需要擁抱的時刻就能給你擁抱。告訴你一千次、一萬次，你很棒，你已經很棒了。

左起：小邱、乃勻與太過乾淨的我。

輯四

山與你之間

距離是線性的前進，時間不是。
我計算時間的單位不是月、週、日，也不是時、分、秒，而是山與山之間。
之間的生活我盡量把日子過得眷戀，有時候現實，像是朝九晚五，
像是日常瑣事，不知不覺就把時間硬化了。
沒關係，想想那座森林或那個人吧，這樣還夠我安安靜靜地等待下一座山。

走長長的路

與其說喜歡爬山，
不如說是喜歡在山裡走長長的路。
走路的快慢會決定遺忘
或是想起的速度，
而這節奏除了雙腳
沒有任何工具能代替。

坐在小霸尖山頂巔上，
突然很想跟你說，
之所以能牢牢記得那些話，
是因為我們總在走路時傾訴。

那些話語漂盪在

扁柏樹梢、蝴蝶翅膀、
鬆軟松針、
東線瀑布的深潭及馬達拉溪畔。

那些話語美到讓人心碎，
像是應該永遠停在那，
或是應該永遠沒有發生。

陽台

韓劇裡
大樓都有個眺望遠方的陽台，
高高的視野與大大的風。
每一個人都靠在欄杆，
襯著遠方橘色的夕陽，
說出令人動容的台詞。

我想這就是人類的天性，
需要一片視野、一張天空、一陣風，
才能坦率地將心抽絲剝繭。

因為無法一受傷就躲進山，
我們心中必須要有一個高高的陽台。

時時刻刻，
都要朝向遠方，
像森林等待雨，
像大雁等待風。

彆扭的青春

前幾天你往我走來，
速度有些彆扭，
你似乎想慢但不自覺快了起來，
像是每次講話
不知道該怎麼句點的矛盾。

我大概理解這種無以名狀的不坦率、
垂直與水平的拉扯，
那是青春即將結束
但又不知道如何踏進大人的顏色裡，
像是拋進染缸反覆浸泡又晾起，
張望又回頭，
跑跑又停停。

但那翅膀是這麼有力量，
你是鷹，
在山巒間洪流般洶湧地被推起，
而我在森林的隙縫裡看著，
心裡也覺得澎湃激昂。

想要你盡情地飛，
去無悔，
去浪費，
去荒唐，
不要太快進入大人的時間。

與愛無關

當然，
你的生活裡不可能永遠都是詩篇，
我們都需要插科打諢、
言不及義的時刻，
與一群面目模糊的朋友
大聲地笑、無意義地打鬧、
無害地壓制。

但終究，我們還是希冀有個人，
用精準的語言說出自己的猶豫，
能了解哪段文字被自己深深沉澱，
那些與愛有關
也與愛無關的每個片刻時分。

是山要我來的

醞釀一些路途、一些疲憊、一些時差、一些失眠。於是我們得以醞釀出一些信心與勇敢，在未知的步道上。

從桃園機場往廊曼機場的紅眼班機上，滿滿成群熱切的年輕人，凌晨一點半起飛後是五個小時的移動，整架飛機飛得毛躁又亢奮。我閉著眼假寐，一睜開眼便從十三度的台北抵達三十度的曼谷。我身上兩百五十磅的羊毛衣和羽絨衣在廊曼機場裡顯得格外醒目，身邊多是直奔泰國的旅客，臉上洋溢著興奮與笑意，穿著短袖、短褲和拖鞋，年輕女孩粉紅色的腳踝與紫色指甲油就是碧海藍天。

要在廊曼機場等候七個小時才能轉機前往加德滿都，我只好背著大背包，不斷閃躲喜愛在機場拍照的泰國旅客，以及熱衷在各大免稅店消費的大陸旅客。在空間狹小的機場餐廳裡，放下沉甸甸的家當，吃了一碗因為重感冒而不知所云（所嘗？）的泰國燉蔬菜。然後搖搖晃晃地走到機場極偏遠的角落，終於找到可以橫躺、沒有扶手的連座空位（而且旁邊還有插座！），一躺下便昏昏睡去。

接近山的移動通常漫長而沒有道理，移動分成好幾個段落與不同的載具，當下一次呼吸到新鮮流動的空氣已然是另一個國度。移動有時發生在一條無趣平坦的公路，一路從舊金山開往優勝美地；有時候則是一列駛向群馬縣的黑夜火車，與滿座的日本人以安靜端莊的坐姿入睡在老舊而乾淨的車廂。

不過這次不是緩慢踏實的落地移動，鐵翅膀載著不同目的地的旅人。廉價航空那狹窄的座位、機艙裡揮散不去的食物殘味，我閉上眼睛心算時差，再三十分鐘後就準備抵達海拔一千四百公尺的尼泊爾首都，加德滿都，緊接著轉國內班機飛往波卡拉後，立刻驅車前往康德登山口。

為了靠近山總只能這樣，抵達登山口跨出那第一步前，我們總是在移動，物理性的。我們需要醞釀再醞釀，醞釀一些路途、一些疲憊、一些時差、一些失眠。於是我們得以醞釀出一些信心與勇敢，在未知的步道上。

坐在狹小的飛機裡，一路奔波前來的我，疲憊地闔上了眼睛，感覺像是一艘已經沒有帆的船，但生命並沒有因為這樣而暫停，那洶湧鼓作的洪流仍推我向前。我心裡深深明白，這是我選擇的出發，因為是山要我來的。

美國三九五號公路，奔往另一座山的巴士上。

壞掉的人

有時候出走，只為了扯開自己的傷口，往裡面看清楚是被什麼傷害，不管是快癒合的，以為好卻腐爛在裡頭的，都毫不猶豫地勇敢割開。

喜歡約翰．繆爾步道，喜歡到連續兩年都要跟它生活一陣子。離開步道後回到台灣，不知怎麼，最近的心理狀態讓我急迫地想回到與步道交織、鑲嵌在那的小鎮，也說不上為什麼，總覺得主教城小鎮那二元對立的矛盾充滿魅力，自己現在的狀態適合被放在那裡安身立命。

主教城裡的登山客有兩種類型，一種是壞掉的人，一種是太好的人。壞掉的人通常是太平洋屋脊步道的全程徒步者，他們的頭髮又長又亂，不分男女都隨意地紮成馬尾；身上的裝備到處破損、需要縫補，每一件上衣都被太陽曬到褪色；而他們的眼神也都褪了顏色，疲憊而孤獨的眼神與黝黑精瘦的身軀成正比。長時間的徒步讓他們進入難以言喻的結界，那裡見山是山，見山不是山；那裡自己擁有自己，同時又在失去自己。野生尖銳而神氣傲然，這些都是壞掉的人。

另外一種太好的人，就是我們這些樂天乾淨的約翰．繆爾步道徒步者，我們還沒有被步道折磨耗損，尚未被山拒絕；曬得通紅，聞起來有肥皂的味道，嘴唇還沒有被烈陽吻傷，裝備簇新完整，鞋子才正準備換掉第一雙；進餐廳的時候通常已經洗過澡、刷過牙，小腿的傷痕都還新鮮紅腫，沒有那些已經沉成黑色的舊疤。我們相遇時會道早安與你好，在小鎮補給時採買昂貴的乾燥包。

主教城就是這麼混亂、這麼精彩，有時候我想要成為壞掉的人，有時候我想要一直都是太好的人；我羨慕他們徹底地被搖晃過，同時我也慶幸我還完整。我一直都以為自己很清楚自己要什麼，就像是《一Q八四》的青豆、《時間裡的癡人》的史考特、張愛玲筆下的白流蘇，意識著自己，然後往眼睛與身體感受到的方向前進。

不需要停下來看，很少還要想一想，天賦的直覺從沒有錯認任何符號；狂暴的前進或是瞬間的停止，都是翻手一蓋，響指般地乾脆。但在這個小鎮，我以為的跳躍其實只是踱步爬行，那些粗暴地、撕裂再撕裂自己的旅程，我不知道我能不能承受，我沒有把握我行不行。

有時候出走，只為了扯開自己的傷口，往裡面看清楚是被什麼傷害，不管是快癒合的，以為好卻腐爛在裡頭的，都毫不猶豫地勇敢割開。是有點太用力了，還製造出新的苦痛，但如果不這樣做，腐爛的心不可能癒合。我知道我仍然不夠好，但這幾年的練習，至少我混亂迷惑的時候，願意讓人知道我正在混亂迷惑了。我知道我不能夠再那樣不說明白，是因為太害怕被遺棄而想要先遺棄。不管是自我防衛是自我保護，這全部都在傷害自己，也傷害深愛我的人。

矛盾的對立在主教城被安養得很好，小鎮裡的混亂顯得可愛而單純。我記得離開時那天陽光花影，想念既親密又陌生；我知道我還有力量，我知道我要保護誰，以及只想讓誰保護。

在還沒有壞掉之前，先讓我做太好的人。

愛了很久的朋友

你可以是我的情人、我的丈夫、我的父親、我的兄弟、我的孩子。我們可以是愛了很久的朋友，徹底浪費，不疾不徐。

剛好有一段旅程遇見我們，陪你陪我走得長長。

你寬闊的肩膀，我粉紅的妝；蕭邦彈離別，巴哈無伴奏。

你是籃球校隊，我在啦啦隊，你揮汗如雨練球的時候，我也正咬緊牙根地練習前手翻。每天早上我們會戴著耳機一起繞著學校操場跑三千公尺，週末的時候我們就去宜蘭的海邊玩浪。下巴的輪廓，笑起來堆滿星辰，你聞起來像是曬久太陽的磚牆，上面躺隻打盹的貓。

沿著北海岸開往宜蘭，你不愛雪隧，「因為開在山裡，沒辦法看到海。」喜歡沿途聽著海浪的聲音、雙魚座的你萬般柔情，唱著溫柔的歌。你的左手永遠輕輕握著我的手，青春那時和我們站在一起，我們是永遠的戀人。

你是這麼愛著宜蘭。媽媽是宜蘭人，在礁溪買了房子，週末玩浪的時候我們就住在礁溪。你總是知道一些祕境，在福山植物園深處一個轉角，偌大的落葉松下有一處松針鋪得極厚的落差，像個洞穴，在夏天的時候我們躺在乾爽的松針上聽你唱歌。你老是被拱去參加各種歌唱比賽，也總是得名，你可以把周杰倫的幾張專輯一字不漏地從第一首唱到最後一首。你雙臂枕在頸後，閉上眼睛，長長的睫毛落下光隙，襯著極好看的鼻子，夏日午後，我躺在你的心臟，你低聲哼唱。

然後你走了，我再也沒有辦法站上浪，宜蘭是一個墓場，因為海洋飄流著每部分的你。最後一次見面是在加護病房，你還沉沉地呼吸，我戴著口罩捏捏你已經腫脹的指尖，溫度高到不像話。有人幫你刮了鬍子、剪了指甲，一天只能探視兩次的我，不知道誰是那個好心的護士。昏迷了十天的你，胸膛仍寬闊地像座山，高大的身材，腳板遠遠伸出了病床。我一次都沒有哭泣，我覺得你會醒來，只是時間早晚問題。但一切都來得太早，你走的時候還那麼年輕，那個在球場上閃電般的少年，笑起來眼角的笑紋如此殷勤可愛，原來，時間從來沒有和我站在一起。

如果有來生，我仍願意重來一次終究孤絕的結局。你可以是我的情人、我的丈夫、我的父親、我的兄弟、我的孩子。我們可以是愛了很久的朋友，徹底浪費，不疾不徐。你聽搖滾樂，你進三分球，你站在教室門口。愈看你，愈覺閃亮。

我的魚已經游回大海，我的生命裡不再有浪。開始爬山後，很多人問我最喜歡哪一座山，我總是說我喜歡從宜蘭出發的山，我沒有說出口的是，因為那裡有你。

獻給你雪山，獻給你四秀，獻給你南湖，獻給你聖稜線，獻給你任何一顆從宜蘭出發的山。

許可證

心才需要許可證，否決申請時，既不需要個別通知，也沒有提前預告：一個靜默疏離的眼神，幾次的已讀不回，都足以崩塌成新的斷崖峭壁、驚瀑裂岸。

為了聖稜線，閏平換了一個大公升數的背包。背包從美國寄到後，他傳了封訊息跟我說：「那顆背包看起來好大，我其實不知道，這麼巨大的背包要裝些什麼？」

「也許你只是需要一個空間，裝那些可以讓你覺得不孤獨的東西。」

到了晚上，他才回我：「那麼它應該更大一點，才可以裝下妳。」

我常常覺得山是不需要許可證的，某些人就是可以來來去去，他們爬黑山、走獸徑，或是從非傳統路線，一個上坡就進入南三段，但是山讓他們待在那裡。

我覺得心才需要許可證，誰想要進入都需要趁早規劃行程，即時提出申請，最好申請頁面如台灣入山入園的申請服務網一樣不友善，經過繁複又冗長的申請手續後，一個神祕又官僚的組織可以隨時否決申請，假裝有個很堅定的理由：十四．五公里處步道坍方目前正緊急搶修，為人身安全考量全面取消入山。心的許可證否決申請時，既不需要個別通知，也沒有提前預告：一個靜默疏離的眼神，幾次的已讀不回，都足以崩塌成新的斷崖峭壁、驚瀑裂岸。

從雪山登山口大水池一路往上到雪山東峰時，閏平和我有一句沒一句地閒扯，被卡在兩團商業團前後行走。前一團有一致鮮紅的背包套，團員看起來年紀比較長也很有紀律，到哭坡卸下背包休息時，協力者還會特意煮上黑糖薑茶，一杯一杯奉上。後一團則是蹦蹦跳跳的大學登山社，總以為他們會更有體力，但是一路上見他們大笑喧鬧，前前後後變換隊形，他們抵達雪山東峰時剛好正午，回頭看他們的隊伍拉得老長，三三兩兩愜意地行走，走在閏平身後的我突然覺得，青春就該這樣浪費。

但我的青春在好幾年前就已經跟著誰走了。

抵達三六九山莊的時候才剛過中午沒多久，偌大的山屋裡只有我和閏平兩個人。他看了一下我們兩個人的床位，自動把睡袋整整齊齊鋪在我右邊，然後盤起腿來自顧自地看起書，但許久沒有翻頁。

我們坐在上鋪，倚著氣窗看人影來來往往，老舊的玻璃模模糊糊，霧氣正濃，呼吸的頻率像是一條小時候跳格子的巷弄，長大了要回家，卻發現這條巷子怎麼比記憶中的短。

那時候的他不太像平常油嘴滑舌惹人厭的模樣。不發一語、淺淺呼吸的閏平，眼神像隻正準備越過印度洋的蜻蜓，詩一般的蕾絲翅膀，是我那時從未見過、也不曾理解的脆弱。一直到現在，我回想起來才知道，原來那就是孤獨。

隔日凌晨三點，山屋裡充斥凌亂熱鬧的聲音，我起床之後發現閏平早已經著好裝備，坐在床沿，兩條長腿在上鋪晃呀晃。我急忙戴上毛帽，穿上羽絨外套，但要馬上離開暖呼呼的睡袋還需要一點勇氣。

「我整夜沒有睡。」他背著我，悶悶地說。

「我真不知道妳怎麼能睡得著？妳怎麼可以睡得著？」

「我幹嘛睡不著？我心裡又沒有事情，有事情不說出來的人才睡不著。」

我懶得理他，站在山屋門口大口塞下吐司與胡亂泡開的奶茶，一邊拉筋伸展。商業團的山友擠在山屋樓下的廚房，廚房裡的白霧與黃光更顯得溫暖。

出發沒多久他便把腳步放慢，遠遠離開爬坡的人群，頻頻回頭像是有什麼話想說，卻又吞忍了下去。當我們沿著頭燈的光正鑽進七．八公里處的雪山黑森林時，閏平突然說：「妳在強烈地追尋著什麼，也正在強烈地逃避那個什麼。」而他說這句話的時候，森林野生粗暴的樹影正猛烈往我們襲來，兩旁高大參天的黑影夾著步道，在頭燈照射下我甚至可以聽見步道大聲的呼吸，但步道以外的小徑則沉默不語，深夜裡的森林是活著的。

我伴隨著喘氣解釋著，我大概明白當我往前奮力追趕時，也正在慌張狼狽地逃離；我既想承受，又害怕受傷害。

「但這世界上如果妳不先受傷，」他說：「是沒有人會為妳受傷的。」

森林沒有說話，我也沒有說話。

頭燈照在粗寬樹幹上的螢光黃色反光條，數到第五十三顆就差不多要抵達圈谷了，這時候天色已經微亮，藍色、紫色、橘色的彩霞在水平線展開，再過一個小時，太陽就要升起來了。我們遠遠地看著許多小光點朝著雪山主峰的方向前進，就像是山腰上點綴了許多晶亮亮的耳環。

我一向對於擁著人群在三角點一起看日出沒有興趣，便踏進雪山圈谷，往北稜角的方向前進，那裡有一處坳口更適合看日出，既擋風，視野又寬闊，躲開了人群，聽不見喧鬧的聲音。

躲在坳口裡，我們靜靜地等待。這樣的盛夏，來到山上就像是偷來的冬，覺得一切都很不真實。山上不需要開冷氣，陰暗處冷到打了哆嗦。在這個影像取勝、資訊爆炸的時代，人們還能真實地取得什麼？文字變得比徒步困難，包裝後的話語揭開後只剩孤獨，我們只是一顆人造衛星，按照設定好的軌道繞著所謂的世界運行。

每一年夏天的這個時候，我只想來雪山。在黑森林停下來聽風的聲音，站在稜線上看自己的雙腳走了多遠。那麼高、那麼累、那麼冷、那麼美，這種時刻，還把心牢牢地關起來，感覺是種背叛。但閏平，我經常背叛我，你經常背叛你，我們都在背叛自己。既然如此，根本不需要任何揭露，無須靠記載自己的苦痛換得一字一句，我們都用舒服自在的方式活著。

我不需要你懂，也不需要懂你，就算彼此都有這樣的能耐，那又怎樣？日出、流星、北極光，所有的美好都是一瞬間；長城、羅馬、金字塔，愛情不是一天造成的。我已經不知道愛是什麼，我甚至不知道我是正在追求，或是我正在逃避。我失去能力去定義，我只想要成為人造衛星，與任何一個人保持不容忽略但良善的距離。

於是，我走進山裡一遍又一遍，遙望熱鬧非凡而習慣孤獨坦然。如果可以，就讓我是一顆被你經過的岩峰，既不是百岳，也失去名字。沒有名字的山，是不需要許可證的，只有山可以決定能不能讓誰留在那裡。

請再給我一點時間，我也真切地想要找到曾經說得出永遠的我。

二〇一九年末，最後一日的森林曙光。

按下快門的人

我偶爾感到幸福，當他靜靜地躺在我身旁；我聽見時間不留情地走，彷彿就快接近倒數。我想我只是明白，他始終會上路，而我無論如何愛著他，也只希望他快些上路。

有人感慨長大後的摯交難尋，那他一定沒有爬過山，因為情投意合的山友才是真正難尋啊！

爬山以後完全可以理解什麼叫做相愛容易相處難，尤其若是四、五天起跳的縱走行程，二十四小時吃喝拉撒睡、綑綑綁綁後，還能再約下一座山的山友，已是你人世間好事做多，上天保佑賜福你。

若是你能遇見一個時間感、速度感、耐餓程度、耐累程度、抱怨頻率、休息頻次與你接近的夥伴，不要懷疑，你是遇見了你此生的靈魂伴侶。

我是個太幸運的人，鮮少自己獨攀。一旦許願說出哪座未曾親蒞的山頭，就如同在宇宙的許願池丟下一枚金幣，總有個神燈精靈淼淼幻現，為我實現願望。於是這幾年來，不少來來去去的山友常常以陌生的身軀生死與共，多數山友一起爬過一次山便面目模糊，但他第一次就讓我印象極為深刻——腳程算快，某些時候卻踱步緩緩，像是刻意拉開距離，停頓在某個節拍。

下山後，大家互傳照片，一張張面露疲憊但笑容滿足的團體照、三角點的個人紀錄、登頂時帥氣的姿勢。突然在手機裡收到許多張我的背影迎著層層迤邐的稜線，或是飽滿脆綠的山巒與我小小的身影；再者亦是我手執相機專心遙望日出的黃金時刻，如同小王子每日下午四點鐘，走往探望狐狸的途中，那片如他金色波浪頭髮的小麥田。

為我按下快門的人，小冬。

小冬很難得說出想念，從未開口說一次喜歡。每一次心和他走得太近時，他就會像在山裡一樣，突然停頓節奏，讓我措手不及地走遠。這樣來來回回的委屈我不是沒有，而自尊讓我決心做個壞人，沒有人可以愛得比我更逞強、更決裂，我可是能幾天幾夜睡在零下的雪地上，或是破碎岩石地形上的女生啊。

我們在某次星空下劇烈地爭吵，他第一次流下眼淚，激動地握著拳頭，告訴我他已經多努力不讓我走進他的心裡，告訴我他有多麼無能為力，因為他能在我身邊的時間不久。

所以，一切準備開始的時候，小冬就常常掛在嘴邊說，他捨不得我傷心。也許不這樣預言結局，就無法證明他能有多自私。而真正的離別來到眼前，他反倒絕口不提，笑笑地把他的世界攤開在我面前，陽光下，指向我應該存在的位置。

每次提到這個話題，我們經常欲言又止，兩雙眼睛汪汪不敢泛淚，怕錯過對方澄澈的眼神。有時講到激動處，我們便把身體退回原來的位置，意識到下一秒可能就離彼此太近，連把持都無法克制。

誰不想被愛得完全。

我又何嘗不知，他按下快門的瞬間已把我折折疊疊，收進他的心裡。一直以為我就是他的遠方，但他的遠方還有遠方，縱使我現在是他唯一快樂的那件事，但他的生命裡從來不只是要快樂，他還想要體驗撕裂、體驗悲痛、體驗起飛時的震撼與墜落時的破碎，他想體驗能多淒涼地勇敢、能多卑微地堅持。

我偶爾感到幸福，當他靜靜地躺在我身旁；我聽見時間不留情地走，彷彿就快接近倒數。眼神不論如何膠著，擁抱後的手，我始終放得比他還快。我想我只是明白，他始終會上路，而我無論如何愛著他，也只希望他快些上路。

我以為真正離別的時刻，必然是鮮血般地紅到刺眼、痛到溼冷，就像賈寶玉一領大紅猩猩氈的斗篷，在皚皚大雪裡那樣醒目的四拜，遠目迢迢，一片曠野落了個白茫茫。但到了小冬真正揮手和我告別時，我卻想起在山上他按下快門時的每一個時刻，他從鏡頭後抬起眼，燦爛笑開了的臉。

我也踮起腳尖笑著向他揮手，我知道日後我會淚流滿面，但不是現在、不是現在，不是亮晃晃金色璀璨奪目的現在。

現在只想記得這個二十三歲的大男孩，溫柔戀戀、真實勇敢，在我心裡駐足時，用盡全力以各種不同形式的愛，用他的方法，深深愛著我。

大霧湧起的劍龍稜，彼此按下快門。

永遠溫柔

我們無話不說，又不問不說；因為山而相識，也因為山而切割。沒有山的日子就沒有彼此……愛以任何形式延展、轉換，但從未稀釋。

也許風塵僕僕，也許悠然愜意，我不知道。看到你的時候你已然是你，漠不關心地與自己的好看迴避，右手插著口袋，左手緊緊摟著我，下巴磨蹭著我的髮。

倒數一次見面，是我們剛從聖稜線下山，雨下得正好，我們兩對長睫毛，我只記得那三十秒的對望。我在後座輕輕把你搖醒，你恍惚之間分不清自己身在何處，眼睛直視著我，像是在問我怎麼會出現在你眼前。

「下車了，台北到了。」我說。你眨眨眼真正醒來，用手摸摸我的頭，代表一句無聲的再見，大雨中頭也不回。背上大背包的你，就這樣乾脆地消失在我的人生中許多年。

「好久不見。」此時此刻你站在海拔一千兩百公尺的大同鄉南山村民宿通鋪，透過走廊上的對內窗和我打招呼，我忍不住驚呼，然後站在床鋪鑽過窗戶深深擁抱你。你流浪了好久，身上有山的氣味，像是在古老森林裡晝夜焚燒松針，熱氣中潮溼溫暖的味道。你若無其事地低頭走進女生的通鋪，所有女孩一看到你就馬上害羞地低頭，假裝整理散落一床的雜物。你彎腰伸長了腿在我的床邊坐下，淡淡地看著我快樂又開心的表情，像是看著一隻過於興奮而團團轉圈的小狗，饒富趣味地搭理了我一句：「有這麼高興嗎？」

「當然高興！」我說：「你回來怎麼都不告訴我？」

坐在床沿，你說你的故事，我喝我的茶，閃亮的是你說到那些別開生面的場景：幾乎致命的冰隙、失去方向的雪原、雲中間的飛行。你傾身，膝貼著我的膝，告訴我離開以後所有你愛的痕跡。說話間厚實靈巧的手指幫我解開裝備上糾結的繩索，有時候突然帶點笨拙的停頓。我知道你正在處理那些破碎的瞬間，你沉默時我不問，這是我們理解彼此的方式。

武裝的日子裡，纖細易感的我們各自從那座山流浪到這座山，若相遇是要將所有的山徑連在一起，那我和你現實中的距離就是這麼地長。我們無話不說，又不問不說；因為山而相識，也因為山而切割，沒有山的日子就沒有彼此，於是我們總是要在山上見，因為山下的世界我們無法連結。

但我知道你其實是被現實耽誤的廚師，你知道我是被工作耽誤寫字的人。有沒有可能，也許我們早晨開墾一片荒野時，會突然抬起頭來聆聽黃雀爭論的聲音；也許深夜銀河從地平線升起時，我們還在研究下午走錯的那條獸徑；又或許我們對某一個政治議題不肯讓步，開車迷途的時候誰都不想停下問路。

不過，我願是這樣。你愛你的，我過我的，然後我們都做好自己。愛以任何形式延展、轉換，但從未稀釋。無論何種關係，就把小日子過得美好，我們將是最眷戀的日常。你永遠最親密，你最珍重我，然後，記得永遠溫柔。

天使的眼淚

那時候，我突然感覺到妳回到我身邊，與我並肩站在一起，溫柔地緊握我的手。妳會用任何形式和任何方式，讓我知道妳的存在。

我超怕鬼，任何靈異現象我都害怕。從小到大最討厭聽鬼故事、不敢看鬼片、無法一個人睡覺，最害怕半夜醒來上廁所。小時候只要農曆鬼門一開，我就會毅然決然地丟掉我的娃娃，只因為爸爸曾經嚇唬我，玩偶們會在那天被鬼魂附身。農曆七月看到電影預告我一定全程摀著耳朵，閉上眼睛，因為台灣總在這時候瘋狂上映鬼片。在山上，誰跟我說鬼故事我就跟誰翻臉，甚至有幾次嚇到大哭起來。

海拔約三千三百公尺的嘉明湖，位於中央山脈南二段的南邊入口，台東、高雄和花蓮交接處，是直徑變化兩百到三百三十公尺，深約三十五公尺的橢圓形高山湖。爬山前我總是會認真做功課，打出關鍵字「嘉明湖」，就出現滿滿的懸疑故事與各式各樣的傳說：全裸死亡的超跑選手、握拳坐在湖底的屍體。照片上大家暱稱「天使的眼淚」在綠草白雲下更顯晶瑩剔透的藍，我卻突然泛起無以名狀的不安，不是害怕，也不是恐懼，就是說不上來的感應。YO安慰我幸好現在不是農曆七月，台灣的十二月山上還沒有下雪，正是深秋與冬的交界，自登山口啟程，清朗明亮的秋冬盛陽還襯著藍天，我們離開向陽山屋，往嘉明湖避難小屋前進。

出發沒多久，原本大晴的烈陽消失，瞬間湧上的大霧讓人伸手不見五指，霧氣濃重到連只有一個手臂距離遠的夥伴背影都難以辨識。我與YO站在開闊的大草原，失去視線而分不出東南西北，站在原地被四面八方而來的大風颳得像一顆不斷旋轉的陀螺，此時零度以下的山裡突然下起了碎冰雨，濃霧中找不到放在背包深處的手套，手需要搭著前方夥伴的背包才能小步前進。

不能停下來，停下來就失溫了，大家連鼓勵的話都說不出來，一連的陡上陡下，抵達嘉明湖避難小屋的時候全身都溼透了。在有點失溫的情況下，連喝熱水都覺得反胃，鑽進睡袋裡全身打顫，久久無法回暖，反胃伴隨著不明的耳鳴，就這樣半昏半醒持續到深夜。

突然間，耳鳴停止了。我聽到安靜沉穩的呼吸聲，山屋裡滿滿都是人，卻罕見地沒有此起彼落的打呼聲。原本哆嗦著冷到無法入眠，此刻坐起身卻未感到一絲寒意，只覺得喉嚨乾乾的，很想喝水，便迷迷糊糊地起身，離開山屋走進廚房，一口氣喝下四、五杯水。從漆暗的廚房往外看，異常晴朗、亮如白晝的銀白色月夜，充滿異樣的氛圍。

一下子喝了太多水很想上廁所，但廁所離廚房有好一段距離。我想起那些詭譎的傳說，在廚房躊躇許久，最後還是鼓起勇氣往廁所前進。深夜的月光如夏日正午般，亮到連頭燈都不需要開，小徑上清楚倒映我快速移動的影子。

就在這個時候，有強大的力量拖住我的步伐，心臟突然發出煞車般尖銳的聲音，我忍不住回頭，嘉明湖避難小屋廚房後方鄰近著一片黑壓壓的森林，有十二雙眼睛從森林的深處直勾勾地瞪著我，十二隻大型的水鹿慢慢踱步而出，直線往我靠近。

節制而冷靜的十二雙閃亮亮眼眸朝我前進，距離一公尺後暫停。第一次見到水鹿的我，腦子一片空白。台灣的水鹿大多分布在海拔兩千公尺以上的險峻山區，因為喜歡攝食森林下層的灌木樹葉，經常會出現在森林裡；擁有強壯四肢和堅硬的蹄甲，可以在陡峭的溪谷和森林中來去自如。之前聽說縱走中央山脈南二段的山友能在晨昏之際遇見大批成群的野生水鹿，但在人氣正旺、每天登山客絡繹不絕的嘉明湖避難小屋，竟然有十二隻的水鹿在晴朗毫無遮蔽的月夜裡同時行動！

面對領頭的那隻擁有碩大體型和雄壯鹿角的雄鹿，我一動也不敢動，全身凍結般地杵在原地。好像在評估我的能量場似的，冰冷緊繃的眼睛在我身上來回巡視著，隊伍後方的幾隻水鹿失去耐性，不安地彎蹄躁動。我與水鹿群站在山屋與廁所中間的小徑，對峙了好一陣子，但像是說好了般，十二隻水鹿同一時間轉過頭，往森林的深處望去。

就在那時候，我突然感覺到，她回到我身邊，與我並肩站在一起，溫柔地緊握我的手。我聞到她身上熟悉的香味，那是每天早上六點半，她早已整裝打扮好，擦上口紅，撒上淡淡的香水，站在我床邊輕輕喚我時，閉著眼睛就能聞到的味道。她總是輕輕叫我的小名，再彎腰搖搖妹妹的肩膀，然後她關上門，我會聽見她往餐廳走去的腳步聲。我會聽到烤麵包機吐司彈起的聲音、她拿起杯子清脆的碰撞聲，還有她知道我腸胃弱不能喝冰，而開火熱牛奶的聲音，這些聲響讓我安心，讓我知道睜開眼睛就會是新的一天。

現在，即便我知道我睜開眼睛就是新的一天，但每個新的一天都不再有她。有時候我坐在客廳的沙發上，恍惚間像是看見她滿臉愁容地走向我，只為了手機無法上網這種小事；或是爸爸外出應酬，喝醉後叫不醒直接賴睡在客廳，她因為不想分開，還大費周章搬出棉被與爸爸擠在沙發睡上一整夜。就在這神祕又魔幻的嘉明湖，我發現，也許我從未失去妳，只要我心裡感到害怕與恐懼，妳就像以前一樣，出現在我身旁，只要我喊一聲「媽媽」，妳就會用任何形式和任何方式，讓我知道妳的存在。

十二隻水鹿果斷地、頭也不回地往森林深處走去，我閉著眼睛站在原地，流下天使的眼淚。

我也許不敢想念，但從未停止愛。

後記

回到登山口

我是寫字的人，不是個說話的人。

說話的時候經常停頓，對於難以說明的事情傾向不用言語說明，如果不能寫字的話，等於失去聲音，媽媽走了以後有很長的一段時間，我一直是個失去聲音的人。因為媽媽才接觸山，接近山以後被山寵愛與善待，山女孩開始書寫祕密。

雖然不擅長說話，但只要有公開的採訪，我都會傾盡全力地分享為什麼會背起包包、走進山裡。那個初衷再簡單不過了，只是想讓大家知道，這麼平凡普通的上班族女生所能做到的事，你一定也可以。不一定要離職才能走出壯舉，不一定要方向感精準才能踏進黑森林，只要你想要跟山走一輩子，山就會讓你留在山裡。

四年多爬山的日子裡，有很多難忘的畫面：當南湖大山大霧瀰漫的五岩峰下起冰雨時，黃捨強硬把手套塞進我懷裡，頭也不回的帥氣背影；在約翰．繆爾步道上因為雪坡延宕行程而備糧不足，黃捨與慶、我與ＹＯ，爭著讓出最後一口食物的相親相愛；從日本東北最高峰燧之岳摸黑下山時，我著急地往前探路，體力用罄的ＹＯ在黑夜裡害怕地蹲著大哭了起來；還有我於尼泊爾安娜普納山區重病昏睡、呼吸困難，像山的偉豪十幾天不眠不休的照顧和保護。這些不想浪費的風景，當時寫下是日記，然後變成故事，現在，是一本書。

希望我能一直寫下去，和山一起。

山之間
寫給徒步者的情書

作者・攝影 / 山女孩 Kit

責任編輯 / 陳嬿守
主編 / 林孜懃
美術設計 / 謝佳穎
內頁排版 / 連紫吟、曹任華
行銷企劃 / 鍾曼靈
出版一部總編輯暨總監 / 王明雪

發行人 / 王榮文
出版發行 / 遠流出版事業股份有限公司
地址 / 104005台北市中山北路一段11號13樓
電話 / (02)2571-0297 傳眞 / (02)2571-0197 郵撥 / 0189456-1
著作權顧問 / 蕭雄淋律師

2020年 5 月 1 日 初版一刷
2023年10月15日 初版六刷
定價 / 新台幣350元 (缺頁或破損的書，請寄回更換)

ISBN 978-957-32-8742-1

遠流博識網 http://www.ylib.com.tw E-mail: ylib@ylib.com
遠流粉絲團 https://www.facebook.com/ylibfans

國家圖書館出版品預行編目（CIP）資料

山之間：寫給徒步者的情書 / 山女孩Kit著. -- 初版.
-- 台北市 : 遠流, 2020.05
面； 公分.
ISBN 978-957-32-8742-1(平裝)

863.4 109002615